Four-
Square
Jane
and The
Great
Reward

Edgar Wallace

論創海外ミステリ
Ronso Kaigai
MYSTERY
142

淑女怪盗ジェーンの冒険

エドガー・ウォーレス

川原あかね◎訳

論創社

Four-Square Jane and The Great Reward

2015

by Edgar Wallace

目　次

淑女怪盗ジェーンの冒険

主要登場人物

フォー・スクエア・ジェーン……正体不明の女怪盗
ジョー・ルインスタイン……資産家
パーソンズ……病院理事長
クレイソープ卿……ルインスタインの友人
ジョン・トレッサー……資産家
ジョイス・ウィルバーフォース……莫大な財産の相続者
ジェーン・ブリグロウ……ウィルバーフォース家のもと女中
ドナルド・レミントン……クレイソープ卿の秘書
ジェイミソン・スティール……クレイソープ卿のもとで働いていた技師
ピーター・ドーズ……ロンドン警視庁の主任警視

第一章

ジョー・ルインスタイン氏は、豪華な客間に光を取りこむ長い窓の前に背を丸めて立つと、暗い表情で芝生をじっと見つめた。

強い霧雨のせいで、ゼラニウムとロベリアの花壇が半分霞み、何人もの庭師が誇りを持って手入れをしている美しい芝生は水浸しになり、ところどころ水溜りができていた。

「せっかくの日なのに、雨になってくれるんだからな」ルインスタインは苦々しく言う。

ふくよかで明るい性格の妻は、メガネをずらすと夫を見上げた。

「ねえ、あなた。ブツブツ言ってもしょうがないじゃありませんか。お客様だって野外パーティーのために来るわけじゃないんですから。ダンスと狩猟、その他、こちらで準備する余興が目的でしょう」

「静かにしてくれ、ミリアム」ルインスタインはイライラした口調で言った。「客の目的がなんだろうと、どうでもいい。重要なのは、私が彼らになにをしたいかだ。私があの頃から今の地位に昇りつめるまでに、なにも学ばなかったと思うのか?」ルインスタインは大型金融取引の世界と時を同じくして、社交界でも流星のごとく急激に出世したことに触れるのが好きだった。自身で宣伝する通り、彼が投資する数々の会社はしごく真っ当なものばかりで、曰く「未亡人や孤児」の財産を危険に晒すようなことには加担しなかった。必要なときを除けば、の話だが。

「影響力のある人間と知り合いになる」彼はつづけた。「そして向うが望むようなもてなしをしてやる、それが重要なのだ。まず百万ポンド稼いでしまえば、次の百万を稼ぐのは楽になるし、私はやるつもりだからな、ミリアム」ルインスタインは堅い意志のこもった口調でつけ加えた。「私は絶対やってやるし、そのためなら数千ポンド程度の出費は惜しまんぞ！」

今夜、客をもてなすのに数千ポンドを費やすのかと思うと、主婦的感覚のルインスタイン夫人は恐ろしい気もしたが、口に出してはなにも言わなかった。

「今夜の舞踏会は、誰も見たこともないようなものにしてみせるぞ」窓から振りむくと、ゆっくり妻の方に近づきながらルインスタインは満足げにつづけた。「それだけ投資するに相応しい方々をお招きしてあるんだよ、ミリアム。ロンドンで名の知れた人がみんな来る。私の財力を持ってしても買い切れないような、大量の宝石にお目にかかれるぞ」

妻の方はもどかしそうな仕草で新聞を置いた。

「気になっているのは、そのことなの」夫人が言った。「あなた、自分がなにをしているか、わかっているといいのだけど。責任は重大よ」

「責任とはなんのことだ？」ルインスタインは訊ねた。

「それなりの財産が一箇所に集まるのよ、それも無防備に」夫人は言う。「あなた、新聞を読まなかったの？　お友だちから話は聞いていないの？」

ルインスタインはしゃがれた笑い声をあげた。

「なんだ、心配しているのはそのことか」彼は言った。「フォー・スクエア・ジェーンのことを考えているんだね」

「フォー・スクエア・ジェーン！」ルインスタイン夫人は鋭く言った。「家《うち》に現われたら捕まえてやるわ！」

「彼女は普通の泥棒ではないんだよ」ルインスタインは首を振りながら、警戒しているのか感心しているのかわからない口調で言った。「友人のベルチェスター卿の話では、彼の妻がどうやってエメラルドを紛失したのかは全くの謎らしい。あの男、ずいぶん気を揉んでいた。総合穀物社からの儲けの約半分をあのエメラルドに費やしたのに、購入して約一か月で紛失したのだ。盗人は客に紛れていたと考えているらしい」

「なぜ、フォー・スクエア・ジェーンと呼ばれているのかしら？」ルインスタイン夫人は不思議そうに訊ねた。

　夫は肩をすくめて答えた。

「いつも決まったしるしを残していくからだよ。真ん中に『J』と印刷された四角いカードだ」彼は言った。「彼女を『ジェーン』と名づけたのは警察で、なぜかそれが定着したんだ」

　もう一度、ルインスタイン夫人は新聞を手に取ったが、再び下ろし、考え込んで、赤々と燃える火を見つめた。

「なのにあなたは今夜、お客様を集めて盛大なパーティーを開き、彼らが大量の宝石をまとって現われるなんて、よくも気軽に言えたものね！　大胆過ぎやしないかしら、ジョー」

　ルインスタインは笑った。

「探偵を雇ってあるんだよ」彼は言った。「ロンドン最大の私立探偵事務所を経営するロスに頼んで、一番の腕利き女探偵を送ってもらう手はずなんだよ」

「まあ」ギョッとして、ルインスタイン夫人は言った。「女探偵なんかを家に呼ぶの？」

「そうだ。ロスが雇っている中で一番優秀な女の子らしい。ロス曰く、こういう場合は女探偵の方が、男よりも自然に客に紛れられるという話だ。七時に家に来るよう頼んである」

　ルインスタイン邸で行われる今夜のハウスパーティーは、間違いなく、イギリスでも他に類のないほど豪華なものだった。招待された客はロンドンからの特別列車で到着し、駅にはルインスタインがあらゆる伝手《つて》を使って準備した自動車の一隊が待ちうけている。ルインスタイン自身の車は「特別な客」を迎えるのに駅まで氏を送るために玄関で待っていたが、ちょうどそのとき召使が名刺を持ってきた。

「キャロライン・スミス」と記されていた。カードの隅には〈ロス探偵事務所〉とある。

「書斎でお会いすると伝えてくれ」

　彼女はルインスタインを待ちうけていた。魅力的なかわいい女の子で、縁無しメガネとベールの下には予想外に賢そうな目が輝き、冬の太陽のように捉え難い笑顔が見え隠れする。

「きみがその女探偵か」ルインスタインは、明るい調子を装ったぎこちない口調で言った。「若く見えるが」

「ええ」彼女は言った。「私の故郷では若さは不利とは見なされませんけど、それでも未成年かと疑われたりしました」

「ああ、出身はアメリカですか」ルインスタインは興味を惹かれて言った。

女探偵は頷いた。

「イギリスでの初仕事なので、ちょっと緊張しています」

同地で数年過ごした経験のあるルインスタインは、感じの良い声の軽く間延びした発音から、南部の州の出身だろうと見当をつけた。

「ふむ。フォー・スクエアとかいう女を阻止する今回の務めは、任せて大丈夫だろうね」

彼女は頷いた。

「相手はなかなか手強いかもしれません。お屋敷の中を自由に行き来して、こちらの思い通りに行動する許可をいただけますよね？　これはどうしても欠かせませんから」

「もちろんだとも」ルインスタインは言った。「晩餐には同席するつもりかな？」

「いえ、それでは上手くいきません」彼女は答えた。「観察して注意を払うべきときに晩餐の席に案内され、禁酒制度についての私の意見を訊ねる殿方へ完全に意識を集中するなんてことになったら意味がありません。だからお屋敷内を自由に行き来させて下さい。ニュージャージーの高山から来た若い従妹のミランダ、とでもしておいて。使用人の方々は？」

「命を預けても信頼できる連中だ」ルインスタインは言った。

女探偵は目を軽く煌かせてルインスタインを見た。

「その女泥棒についてなにか教えていただけます?」

「なにも知らんのです。社交界の一員で、例えば、わが家で今夜やるようなパーティーへ普通に顔を出すという話なのだが。今夜は大勢の婦人方がみえるし——中には高貴な方々もいらっしゃるが——それが非常に難しいところなのだ。ありえないようだが、犯人はその中のひとりかもしれない」

「招待客のことも命をかけて信頼できますか?」いたずらっぽく訊ねると、言葉をつづけた。「お宅に彼女が姿を現すか確約はできませんけど」

「フォー・スクエアとかいう女のことはわかった気がします。でも」彼女は片手を挙げた。

「現われないことを願うよ」ルインスタインは心からそう思っているというように言った。

「もし見つけたら、皆さんの前で正体を明かしてやります。他には、なにかご存知ですか?」

ルインスタインは首を振った。

「盗みを働いたあと、大抵印《マーク》を残していく、というのは聞いている」

「それは私も聞きました」彼女は頷きながら言った。「使用人に嫌疑がかからないように、そうするとか」

鉛筆で歯を軽く叩きながらしばらく考えると、女探偵はこう言った「私がなにをするにせよ、驚かないで下さい。フォー・スクエア・ジェーンを絶対にこの手で捕まえて、高らかなファンファーレとともにイギリスでのスタートをきる、と心に決めていますから」あまりにも魅力的な彼女の笑顔に、戸口にいたルインスタイン夫人は眉を上げた。

「そろそろいらした方がいいんじゃないかしら、ジョーゼフ」夫人は厳しい口調で言った。「こちらのお嬢さんにはどうしていただくつもり？」

「誰かに部屋までご案内させろ」一瞬あわててルインスタインは言うと、急いで待ちうける車に向かった。

夫人はベルを鳴らした。探偵には興味はなかったし、二十三歳の可愛らしい探偵などにはなおのこと興味がなかった。

広大なアドチェスター邸も、その日は夜に集まる客を泊めるのに、すべての部屋がふさがっていた。

美しい女性陣や陽気な男たちはバッキンガムシャー州のこの邸宅に、将来への期待を込めたご機嫌とりのつもりで集まってくるのだ、というルインスタイン夫人の言葉は的を射ているのかもしれなかった。ジョー・ルインスタインは大企業四社を操るシティの重鎮であるだけでなく、その関心はコロラドからウラジオストックに至るまで広がっていた。

その夜の晩餐に集まったのは特に選り抜きの、ルインスタインが思わず誇りで胸がいっぱいになったとしても納得の顔ぶれだった。氏の右手に座るレディ・オヴィンガムは痩せて、惹きつけるような大きな目と、心配になるほど蒼白い肌が特徴的な可愛い女性だった。この容姿からは想像もつかないが、実は彼女は非常に腕利きのビジネスウーマンで、ルインスタインとはいくつかの安全な投機で手を組んできた相手だった。片腕に手首から肘まで隠れてしまうほど、いくつものダイアモンドのブレスレットをしているのも金融投機での成功を物語っており、レディ・オヴインガムはその富を、突然価値の下がる心配がないダイアモンドに注ぎこむ癖があった。

執事は慎重にカクテルを混ぜ、ルインスタインもそれと同じくらい気をつけて客を混ぜて配置した結果、会話は弾み、大笑いになるような話も多々飛び出して、この二つの配慮の甲斐もありパーティーは大いに成功した。

その晩、最初の不快な出来事があったのは、晩餐も終りを迎えようというときだった。ワインを注ぐのが目的という顔で執事が身を乗り出すと囁いた。

「午後に到着された若い女性でございますが、気分がすぐれないとのことです」

「気分が悪いだと！」ルインスタインは焦って言った。「またどうして？」

「ひどく頭痛がするとおっしゃり、震えに襲われて部屋に戻られました」執事は低い声で言った。

「村に医者を呼びにやれ」

「それは既に致しました」執事は言った。「ですが、大切な患者の診察に呼ばれ、先生はロンドンに往診中とのことです」

ルインスタインは眉間に皺をよせた。それから微かな安堵が広がる。あの女探偵は、なにが起っても不安に思わないでくれと言ったではないか。彼女なりの計画があって、これは意図的に行っているのだろう。それにしても前もって一言教えてくれてもよさそうなものなのに、と心の中では不満に思った。

「わかった、晩餐が終ってからにしよう」ルインスタインは言った。食事が終り、広い舞踏室に向かうかカード遊びへ突入するかの前に、客にコーヒーとタバコを勧める段になると、ルインスタインは四階にある、女探偵にはこれが妥当と妻が指定した小さな寝室に向かった。

ドアをノックする。

「どうぞ」か細い声が答えた。

彼女はベッドに横たわり、羽布団に包まれ震えていた。

「触らないでください」彼女は言った。「どうしてこうなったのか、自分でもわからないんです」

「なんだって！」ルインスタインは慌てて言った。「病気というのは作り話ではなかったのか？」

「本当に気分が悪いんです。ごめんなさい。自分でも原因はわからないんですけど、体調を崩したのは偶然ではないような気がして。この部屋に運ばれたお茶を飲むまではなんともなかったのに、そのあと突然、震えがきたんです。医者を呼んでもらえますか？」

「なんとか手配しよう」親切な性質《たち》のルインスタインは言った。

ルインスタインは少々心配になりながら階下へと戻った。もし、彼女の言葉の通り一服盛られたとしたら、フォー・スクエア・ジェーン本人か、彼女の仲間の一人がこの家に既に潜入している可能性が高い。廊下では執事が待ち構えていた。

「実は」執事が言った。「幸運に恵まれたようでございます。ガソリンを切らしたため、借りたいという男が現われまして――」

「それで？」

「それがなんと医者だというのです。旦那様にお会いするよう頼んであります」

「よし」ルインスタインは喜んで言った。「それは良い考えだ。書斎にお通ししてくれ」

車が立ち往生してしまったと言う、背の高い若い男は申し訳なさそうに現われた。

「いや、ガソリンを貸してもらえて助かりましたよ。実は間抜けな使用人が用意した缶が二つとも空《から》だったんです」

「もちろんですとも、先生」ルインスタインは愛想よく答えた。「今度は先生のお力を借りたいことがあるんですが」

若い男は疑わしげな眼差しを向けた。

「病人が出たとかじゃないですよね？」男は訊ねた。「相棒との約束で三か月間、診療はしないことになっているんです。実は」と、説明する。「最近、根を詰めて働いたせいで衰弱してしまって」

「若い女性の病人を診てもらえれば、本当に助かるのだが」ルインスタインは熱心に言った。

「途方に暮れているところでして」

「セスリッジと言います」と、医者は名乗った。「わかりました。その方を診ましょう。下手な言い訳をして失礼しました。患者さんはどちらに？　お客さんですか？　パーティーの最中にお邪魔しちゃったみたいだけど」

「そうではなくて」ルインスタインは言葉を濁した。「彼女は……ちょうど……遊びに来ていた人なのです」

上階の部屋へ案内し、青年は部屋に入ると経験豊かな医者らしい自信に満ちた笑顔で、震える彼女を見た。

「こんにちは」医師は言った。「どこが悪いんです?」

彼女の手首を手に取り、腕時計を見る医師の眉間に皺がよるのを、開けはなした戸口に立つルインスタインは見た。医者は身を乗り出して患者の目を検査してから、彼女のワンピースの袖を捲り上げ、口笛を吹いた。

「深刻な病気ですか?」女探偵は心配そうに訊ねた。

「きちんと看病されれば、それほど心配するようなものではありません。でも、一部髪が抜けてしまうかもしれないけど」枕に広がる茶色の髪に笑顔を見せながら、医師は言った。

「病名は?」彼女は訊ねた。

「猩紅熱ですよ、お嬢さん」

「猩紅熱だと!」と喘ぐように言ったのはルインスタインの方だった。「まさか本気じゃないでしょうな?」

医師は部屋を出ると扉を閉め、ルインスタインのいる踊り場へ来た。

「あれは間違いなく猩紅熱です。どこから感染したか心当たりはありますか?」

「猩紅熱とは」うめくようにルインスタインは言った。「貴族の客を大勢、家に泊めているというのに!」

「客にはこのことは知らせないのが一番でしょう。病人はこの家から移動させるんですね」

「でも、どうやって? どうすればいいんだ」ルインスタインが情けない声で言った。

医者は頭を掻いた。

「もちろん、ぼくは関わり合いにはなりたくないわけだが」ゆっくりと医師は言った。「あんな状態の彼女を放っておくわけにもいかないし。電話を借りてもいいですか？」

「もちろんだ、なんでも使ってください。とにかく、彼女をここから遠ざけてくれ！」

ルインスタインに案内されて書斎に行くと、医師は電話をかけ、いくつか指示を与えた。会話の結果は満足いくものだったらしく、廊下の磨かれたテーブルの表面を落ちつかなげに指で叩きながら待つルインスタインのもとに、笑顔で現われた。

「救急車が迎えに来ることになりましたが、到着は午前三時以降になりそうです」医師は言った。「でも、ちょうどいいでしょう。その頃には客も、ほとんどの使用人も、ベッドについて眠っている時間だ。誰にも気づかれずに彼女を動かせますから」

「本当に助かりましたよ、先生」ルインスタインは言った。「お代はいくら払えば――」

気にする必要はない、と医者は答えた。

そこでルインスタインはふと思いついた。

「先生、猩紅熱というのは、薬物などを介して感染することはあるんですか？」

「どうしてそんなことを？」医師は素早く聞き返した。

「いや、お茶を飲むまでは気分は普通だったというので。これは他言して欲しくないのだが」ルインスタインは声をひそめて言った。「彼女は探偵で、客を守るために呼んだんです。最近『フォー・スクエア・ジェーン』と名乗る女賊による盗難が何件もあり、安全のためと友人たちの財産を守るために彼女を雇ったというわけです。晩餐の前に会ったときは、普通に元気だったが、茶を一杯飲んだあと、今みたいな震えがきたというのです」

医師は考え込むように頷いた。

「それは興味深い話ですね。あの症状は猩紅熱のものだが、通常この病気にはない症状も見られます。そのフォー・スクエアとかいう女が、この家にいると考えているわけですか？」

「本人、もしくは仲間が」ルインスタインは言った。「これまでの話から察するに、数名の仲間がいるらしいのです」

「女探偵の邪魔が入らないよう、その女が一服盛ったと睨んでいるわけですね？」

「そうです」

「それはそれは！」医師は言った。「陰謀が渦巻いているというわけだ。いや、でもこれだけ大勢の人がいるんだ、お客さんも今夜は大丈夫でしょう」

彼女の部屋は使用人用の一画に位置していたが、幸運なことに他からは離れた場所にあった。その晩、ルインスタインは何度か階上の部屋に足を運び、開いた扉越しに、医師がベッドの端に座っているのを確認し安心した。客たちは午前一時頃にはベッドにつき、この惨事を知らされ動揺したルインスタイン夫人も眠るよう上手く説得できたので、ルインスタインは安心のため息をついた。

午前一時半、病人のいる部屋に三度目の訪問をしたときには、万が一の感染を恐れて開いたドアのところから覗くと、医師はベッドの頭の近くに座り本を読んでいた。

ルインスタインは静かにそこを離れ、あまりにも素早く動いたため、特別客用の寝室に繋がる暗い廊下へ向かうところだった細っそりとした人影と、危うく鉢合わせしそうになった。

女がくぼみに身を隠すと、危うくぶつかりそうなほど近くをルインスタインは通りすぎて行った。その姿が見えなくなるまで待ち、扉のひとつに近づくと、手で慎重に鍵穴を探った。部屋の泊り客は施錠後、鍵を抜くという間違いを犯したため、数秒後には彼女は自分の鍵を使い静かに回し、忍び足で部屋に入った。

立ち止まって耳を澄ますと、規則正しい寝息が聞こえたので化粧台の方に向かい、手際よい指で、音をたてないよう素早く探しはじめた。やがて目的の滑らかな革のケースを見つけるとそれを軽く振る。一分もしない内に部屋を出ると静かに扉を閉めた。

次のドアを開きかけたものの、部屋には灯りがついているのに気がつき、戸口の影に固まって立ちつくした。フリルの枕の上に横たわる人物が本当に眠っているのさえ確認できれば、ベッドの向う側にある小さな灯りがつけっぱなしなのは、かえってやりやすいと彼女は思った。体を強ばらせ、感覚を鋭く保ったまま五分間待ち、ベッドから規則正しい寝息が聞こえてきたので安心した。するりと前に進み化粧台に向かう。ここでの仕事は簡単に済んだ。十個以上のベルベットと革のケースが、絹のテーブルクロスの上に無造作に置かれていた。それを音もなく次々に開くと、煌《きら》めくその中身をポケットに収め、入れ物はそのまま残しておいた。

最後の宝石ひとつを手にしているとき、ハッと気がつき、眠っている人物をもう一度よく確認した。薄明かりの中に見えるのは、痩せた可愛らしい女性だ。ビジネス上手のレディ・オヴィンガムというのは、この人だったのか。彼女は来たときと同じように音もなく急いで部屋を出ると、廊下の先にある次の扉に向かった。

今度のドアには鍵がかかっていなかった。

そこはルインスタイン夫人の自室で、夫人は静かに眠っているわけではなかった。夫が明日の手配について話し合うと約束したため、わざと鍵はかけないであったのだ。騒ぎのせいで夫はそのことをすっかり忘れていたのだった。壁には埋め込み式の小さな金庫があり、錠には鍵が差したままになっていた。慎重で用心深いたちのルインスタインは、ダイアのカフスボタンを毎晩、そこにしまうのを習慣としていた。

女が金庫の内側に手をのばすと、すぐに目当てのものが見つかった。ルインスタイン夫人の深い寝息が止まり、寝言をつぶやいて寝返りをうつ間、女は固まったように立ちつくした。やがて鼾がまたはじまり、彼女はこっそりと廊下に脱け出した。各扉にもう一度近づくと、小さなカードをドアの取っ手に乗せるのに立ち止まっては次の部屋に移動した。

階下の書斎にいたルインスタインは、車の微かなエンジン音を耳にして、安堵のため息をつきながら立ち上がった。唯一、この秘密を知らされている執事は、疲れて廊下の椅子に座りうとうとしていたが、主人と同じくエンジン音に大きな安心感を覚えた。執事は玄関の大扉を開いた。外に停められた救急車から二人の男が降りた。ストレッチャーと毛布を何枚も取り出すと、入り口へと向かった。

「私が案内しよう」ルインスタインが言った。「できるだけ音を立てんよう気をつけてくれ」

ルインスタインを先頭に、一行はカーペットの敷かれた階段を上り、病人のいる部屋に到着した。

「ああ、来たんですか」欠伸をしながら医師が言った。「ストレッチャーをベッドの横につけて。あまり近づかない方がいいですよ、ルインスタインさん」そう言われて、ルインスタインは急いでその指示に従った。

ほどなく扉が開き、毛布に包まれ顔を僅かに覗かせた女性を乗せたストレッチャーが現われ、すれ違いざまに彼女はルインスタインに弱々しい笑顔を向けた。

付添人たちの手で階段も問題なく降りると、ストレッチャーは救急車の中に収められた。

「これで一安心だ」医師は言った。「あの寝室には鍵をかけて、明日、消毒した方がいいですよ」

「本当に助かりました、先生。小切手をお送りしたいので、住所を教えてほしいのだが」

「そんな必要ありません」医師は上機嫌で言った。「お役に立てて嬉しいです。ぼくは村に戻って自分の車を拾ったら、街に帰りますので」

「あの若い女性はどこに運ばれるのかな?」ルインスタインは訊ねた。

「州立熱病院《カウンティ・フィーバー・ホスピタル》」なげやりな言い方で医師は答えた。「に連れて行くんだよね?」

「そうです」付添人の一人が言った。ルインスタインは、救急車の赤いライトが見えなくなるまで階段から見送ると、面倒な状況をうまく処理した気分で家の中に戻った。

「今夜はもうこれでいいよ」執事に言う。「待ってくれて感謝している」

気がつくと口に軽い笑みを浮かべながら、自室に向かって廊下を進んでいた。

妻の部屋の扉の前を通りすぎるとき、なにかに躓いた。身を屈めると入れ物を拾った。近くの電気スイッチを入れると、廊下は明るい光りに包まれた。

「なんたることだ！」ショックで喘ぐ。手にしていたのは妻の宝石入れだった。

妻の部屋の扉に駆け寄ると、ドアの取っ手を握ったところで、そこにある〈フォー・スクエア・ジェーン〉のカードを目にし、困惑のあまりそれを見つめるしかなかった。


大型車の待ちうける十字路に救急車が止まり、ずいぶん前に毛布を剝ぎとった患者が車内から姿を表した。彼女が重い鞄を引っ張ると、付添人の一人が彼女のためにそれを持ち上げて車に運んだ。運転席に座るのは、あの医師だった。

「待たせてしまったかな」彼は言った。「今、着いたところなんだけど」

そして付添人の方を向いた。

「それじゃあ、また明日。ジャック」

「はい、先生」男は答えた。

彼は帽子に触れてフォー・スクエア・ジェーンに挨拶すると救急車に歩みより、ナンバープレートの交換が終るのを待って、ロンドンとは反対の方に車で去って行った。

「準備はいいかい？」医師は訊ねた。

「ええ」彼女は助手席に腰を下ろしながら言った。「遅かったじゃない、ジム。村のセンセイとかいうのを呼びにやったと聞いて、こっちは危うく本当に引きつけを起こしそうになったわよ」

「そんな心配しなくてもよかったのに」大型車を発進させながら、運転席の男は言った。「友だちに電報を頼んで、村医をロンドンに呼び寄せてもらったんだ。お目当てのものは手に入った？」

「大量に」フォー・スクエア・ジェーンは短く答えた。「明日のルインスタイン家では悲劇に襲われる人がいるわけね」

医師は微笑んだ。

「ところで」彼女は言った。「ロス探偵事務所から派遣された女探偵だけど、どこで足止めをくってるの？」

「彼女、駅までは辿り着いたんだけどね」医師は言った。「それで思い出した。車庫に閉じこめたままだった」

「放っておきなさいよ」フォー・スクエア・ジェーンは言った。「女探偵なんて好きになれない。だって女らしくないもの」

第二章

ブロクスリー通り婦人病院の理事長はテーブルの上座に腰を下ろすと、厳しい顔で同僚に軽い会釈をし、理事を集めた重要なミーティングに特別に招待された著名な外科医サー・ジョン・デナムには、もっと敬意のこもった会釈をした。

理事長のパーソンズ医師は、吸い取り紙の上に置かれた茶色の紙の小包を押しのけつつも、さっと荷物に目を走らせると、宛先が自分になっているのに気付いた。たぶん研究所に注文したチューブ入りの新型ワクチンでも入っているのだろう。左右に素早く視線を向けると、陰気な表情の理事たちに小さな苦い笑みを向けた。

「みなさん」彼は言った。「ブロクスリー通り婦人病院は、閉鎖の運びとなりそうです」

「そんなに酷い状況なのですか?」外科医の一人が心配そうな表情で訊ね、パーソンズ理事長は頷いた。

「そちらもうまくいかなかったのですよね、サー・ジョン?」

サー・ジョン・デナムは首を振った。

「ロンドンで力になってくれそうな人には全員あたってみた。病院が閉鎖に追いこまれるなど犯罪も同然だが、もうどうしようもないのだな、パーソンズ?」

パーソンズ理事長は頷いた。

「四病棟中、二病棟は既に閉鎖済みです。我々も過去二週間は無給だったが、そんなことは、どうでもよいことです。心苦しいのは、当院にかかろうと必死な女性患者がいることだ――入院待ちリストには八十名近くが名を連ねている」

サー・ジョンは重々しく頷いて言った。

「酷い話だ。ルインスタインとは知り合いだったかな?」

「面識のある程度ですが」パーソンズ理事長は微かに笑みを浮かべて言った。「躊躇せず無心に行けるくらいの仲です。でも断られた。ルインスタイン氏は預金も目減りして、彼の名がうちの寄付者リストに掲載されることはありませんよ。以前は寄付者の一員だったのですが。ルインスタインの名で思い出したが、彼とも親しいクレイソープ卿は、姪の結婚祝いに五万ポンドの真珠の首飾りを買ったとか。どの新聞も朝刊で一斉に報じていた」

「その話は私も読んだ」サー・ジョンが言った。

「ときどき、泥棒にでもなろうかと本気で思いますよ」腹立たしげにパーソンズ理事長が言う。

「あの盗賊の一味――あの女はなんという名前だったかな? ――大々的に広告が出ている、ヴェネチアン・ブレスレットを盗んだ一味にでも加わってやろうかと。彼女はルインスタイン邸に探偵の振りをして現われた。客全員から片っ端に盗むと、その夜のうちに姿を消したが、中でもヴェニス総督のものだったブレスレットは一財産ほどの価値がある。それで返還を求めて広告が出ていますね」

「所有者は?」

「クレイソープ卿です。彼の妻が身につけていた。愚かにもルインスタイン邸にも持って行ったんだ。クレイソープ卿はなかなかの目利きらしく、帰宅した妻から紛失の話を聞いて以来、怒りくるっているという話です」

その瞬間、電話が鳴り、パーソンズ理事長は軽く顔をしかめながら電話機を引き寄せた。

「繋がないよう事務所の者に言っておいたんだが」そう言うと、受話器を取った。

「もしもし」鋭い声で言うと、優しげな心地よい女の子の声が返ってきた。

「パーソンズ先生ですか?」

「そうですが」

「あの、今日のモーニング・ポスト紙の、寄付を求める先生の感動的な訴えを読んだことを、ただお伝えしたくて」

パーソンズ理事長の表情が明るくなった。こぢんまりしたこの病院に人生を捧げてきた彼は、救いの手を差し伸べる人がいるかもしれないとなると、例えそれがどんなにささやかなものであれ、元気がでるのだった。

「共感いただけたとは嬉しいですな」半分は機嫌を取るつもりで、もう半分は本気で彼は言った。

「なにかお申し出を頂けると考えても良いですかな。寄付を考えていらっしゃるんですね?」

電話の向うで小さな笑い声がした。

「訴えでは、この先六か月の病院の運営維持のために八千ポンドを募っていらっしゃいましたね」と、女の子は言った。

「そうです」理事長は頷いた。

「実は、一万ポンドをお送りしました」という驚きの返事にパーソンズ理事長は息を呑んだ。

「一万ポンドを送ってくださったと！」啞然として彼は言った。「なにかの冗談ですか」

「いいえ、一万ポンドを実際送ったわけではないんですけど」その声は言った。「つまり現金ではないんです。送ったのはそれと同価値のもの。昨晩、小包を送りました。もう届いているかしら？」パーソンズ理事長は周りを見渡した。

「ええ」パーソンズ理事長は言った。「小包がひとつ来ている、クラッパムから投函されたものだ。これのことですか？」

「私が送ったものだわ」女の子の声が言った。「見つけたと聞いて、安心しました」

「中身はなんです？」気になってパーソンズ理事長は訊ねた。

「以前、そして現在もたぶんクレイソープ卿が所有者の、とても興味深いブレスレットです」

「どういうことかね？」パーソンズ理事長は鋭く訊ねた。

「私が卿から盗んだブレスレットなんです」その声は言った。「返還を求め、一万ポンドの報奨金が掛けられている。先生から返して頂いて、そのお金を病院に使って欲しいんです」

「あなたは何者なんです？」パーソンズ理事長は低い声で訊ねた。

「フォー・スクエア・ジェーンよ！」という返事がして、カシャッという音とともに電話は切れた。

　パーソンズ理事長は震える手で小包を留めるテープを引き剝がし、茶色の紙の包みを除けると、引き蓋の小ぶりの木製の箱が現われた。蓋を滑り開けると、中には綿花に包まれ、華麗にきらめく、かの有名なヴェネチアン・ブレスレットが入っていた。

　それから九日間は大騒ぎだった。前週まで天気予報やつまらない離婚報道でやっと紙面を埋めていた日刊紙は、最新のこの騒ぎに大喜びで飛びつき、日曜版もこぞって黒々とした大文字の『特集』を組んだ。これほど紙面を賑わした話題は数年ぶりのことだった。

　報奨金を確保するのは、マスコミやパーソンズ理事長が思っていたほど、簡単にいかなかった。ブレスレットが発見されたことを、まずクレイソープ卿に電話で知らせ、パーソンズ理事長自ら、それをベルグレーヴ・スクエアの邸宅へ持参した。クレイソープ卿は細身の小柄な男で、頭は禿げあがり、黄みがかった顔をしていた。黄疸の一種を長く患う彼は、それが皮膚に現われているだけでなく、病のせいか性格まで臆病だった。客人を迎えたクレイソープ卿の美しい書斎には、壁の一面に埋めこみ式の小型金庫の扉がいくつも並んでいるのに、パーソンズ理事長は気がついた。宝石通のクレイソープ卿は、宝飾品をひとつの金庫にまとめて保管するのは、全財産を一事業に賭けるのと同じくらい危険だという主義だった。

「ああ、確かに」少々険のある口調で卿は言った。「その宝石はわしのものだ。コレクションの大切な一部だったのだ。うちの愚か……妻が持っていくような真似をしなければ、こんな心配ごとに巻き込まれずに済んだものを。イギリスでも装飾品としては他に類をみないほどの一品なのです」

クレイソープ卿は、この貴重なブレスレットの珍しい美術的価値や歴史的重要性を、十五分近く語りつづけ、その間、報奨金の話がでないので、パーソンズ理事長は落ちつかなげに立ったまま体重を片足からもう一方の足に移動させた。最後にやっとパーソンズ理事長が、話をそちらに向けるようなことをつぶやいた。

「報奨金――ふむ、報奨金ね」いらいらしたように卿は言った。「そんな話もあったかな。しかしですな、パーソンズ先生、例え慈善施設とはいえ――法を順守する一市民を利用して利益を得ようとは考えておられんでしょうな？ まさか悪意に満ちた犯罪者の手を借りてまで、寄付金集めなどなさらんな？」

「うちの病院への寄付者が人徳を備えているかなど、全く興味ないことです」パーソンズ理事長ははっきりと言った。「私の悩みは、資金不足の解消だけですので」

「例えば」クレイソープ卿は期待を込めて言った。「年間の寄付者に名を連ねるというのはどうですかな？」

パーソンズ理事長はなにも言わなかった。

「そうじゃな、毎年十ギニーを寄付するとか」と、クレイソープ卿は提案した。

「報奨金は一万ポンドという話だったはずだ」パーソンズ理事長は怒りを募らせながら言った。

「その額を払うか、払わないのですか。もし払わないというなら、新聞にその話をするまでです」

「報奨金は犯人が有罪判決を受ける前提の額だ」クレイソープ卿は勝ち誇って言った。「それは否定できないはずじゃ。泥棒を捕獲し、法の裁きを受けさせたわけではないでしょう」

「ブレスレット回収に繋がるすべての情報に対する報奨だったはずだ」腹を立てたパーソンズ理事長は言った。「私は正にそうしたのです。情報だけでなく、宝石そのものを持ってきた。逮捕がどうのとも書いてはあったが、あの手の広告では、あれは決まり文句のひとつだと聞いた」

三十分に渡り、二人は議論をつづけ、パーソンズ理事長は絶望的な気分になった。出し惜しみするこの男と裁判になっても、その間にこちらが潰れてしまうのはわかっていたし、不快な言い合いの後、クレイソープ卿がしぶしぶ支払いに応じた四千ポンドを、諦めて受け取ることにした。

その晩、クレイソープ卿は二日後に挙式を控える姪のために晩餐会を開いた。その席で口を開いたのはただ一人、クレイソープ卿だけだった。あのブレスレットが紛失したと聞かされたときのショックのみならず、戻ってきたときの感動も、こと細かに語らずにはいなかったのだ。そして最後に一番美味しい話を披露してみせた。

「その病院理事長とかいう男は一万ポンドを要求したのじゃ。全く厚かましい！　報奨金の額が高すぎるのは、わしもよく承知していたし、警察の人間にもそう言っておいた。もちろん、あのブレスレットは報奨金額三倍の価値があるが、そんなの関係ない。しかし、わしはあの男に勝った！　わしの勝ちだ！」

「その話は見ましたよ」ルインスタインはのんきに言った。

「見た？」クレイソープ卿は疑わしげに言った。「どこで見たんだ？　わし以外は知らないはずだが。あのいまいましい理事長がしゃべったのか？」

「そうみたいですね」ルインスタインが言った。「今日の夕刊で読んだんです。面白おかしく書き立ててありましたよ。残念ながら、あなたには不利なことになりそうだ。もし、ジェーンがこれを知ったら――」

「ジェーンだと！」あざ笑うようにクレイソープ卿は言った。「ジェーンなど、わしには関係ない話だ」

ルインスタインは頷き、妻と視線が合うと微笑んだ。

「私もジェーンなど関係ないと思っていた――自分が狙われるまでは」ルインスタインは冷静に言った。「あの小さな四角の札《サイン》をうちのドアに発見し、自分の金庫の中身が消えているのを見つけるまでは。あの女は普通の泥棒ではないですよ。彼女は病院の利益を考えてブレスレットを返還したのだから、思ったよりも額が少ないとなれば、不足分をあなたに請求するほうに、きっかり千ポンドを掛けてもいい」

「やってみるがいい！」クレイソープ卿は指を打ち鳴らした。「もう何年にも渡り、ヨーロッパ屈指の泥棒たちが、わしの方式を研究し、三人が金庫の扉までは辿り着いた。しかし、わしの方式は知っているだろう、ルインスタイン」彼は笑った。「金庫は十個、その内七個は空だ。これで混乱する！　ロンドン警視庁が――堀の内外を合わせても最も賢い泥棒と呼ぶルー・スミスは――うちの空の埋め込み型金庫二つに、一晩中かかりきりだった」

「どの金庫が使用されているか、知るものはいないんですか？」

「誰も知らん」卿は即答した。「そして盗む価値のある宝石を収めた金庫は、三つの内の一つだけだ。つまり、泥棒がそれを見つける確立は一割しかないわけじゃ」

「どういう仕組みなんです？」興味を引かれてルインスタインが訊ねた。「毎晩、金庫の中身を入れ変えるんですか？」

クレイソープ卿はニヤリと笑うと頷いた。

「日中は」彼は言った。「ほとんどの貴重品を、書斎の隅の大型金庫におさめてある。ヴェニス総督のブレスレットなどをしまうのもそこだ。夜は使用人が床につく前に、貴重品の入った入れ物を全て大型金庫から取り出し、書斎のテーブルに置く。うちの執事と下男をドアの前に立たせ——部屋の外という意味ですぞ——灯りを全て消すと、暗闇の中で金庫を開け宝石をしまい、金庫に錠をして、鍵は自分のポケットに収めてお終いというわけだ！」

ルインスタインは不満げにうなったものの、テーブルについた他の客は巧妙で堂々とした、小柄な卿のやり方を賞賛した。

「そこまでする必要があるとは思えませんね」実務的なたちで、少しでも芝居がかったことを嫌うルインスタインは言った。「しかし、他人が口を挟むようなことではないんだろうな」

「そういうことだ」自分の判断や知恵に疑問を呈されるのには慣れないクレイソープ卿は、噛みつくようにそう言った。

「それでも気をつけて下さい」諦めずにルインスタインは言った。「フォー・スクエア・ジェーンというのは、金庫五十個を用意して、その上に各一人づつ警官を座らせたとしても防げるような相手ではないんだ」

「フォー・スクエア・ジェーンなど」嘲るように卿は言った。「わしは心配しておらんわ！　うちには警官も用意してある」

ルインスタインは小さな苦い笑いをもらした。「それなら、うちにもいましたよ」と、短く答えた。「女警官を頼んだんですか？」

「まさか。ロンドン警視庁の一番の腕利き刑事じゃ」クレイソープ卿は言った。

「お訊きしたいのはこういうことです」ルインスタインは声をひそめて言った。「怪しい女を家にあげたりはしていませんよね？」

「どういう意味だね？」クレイソープ卿はムッとしたように迫った。

「女性客の身元はみなわかっていますか？　今夜は十名以上の女性客がいる。全員、よく知る人ですか？」

「全員知り合いだ」卿は即答した。「もちろんこの時期、我が家によく知らない相手をあげるなどはせん。大切なジョイスの結婚祝いのプレゼントがあるし」

「そうだろうと思いました」ルインスタインは言った。「お宅の中をちょっと見せてもらってもいいですか？」

クレイソープ卿の薄い唇には軽蔑の笑みが浮かんでいた。

「探偵気取りということかね、ジョー？」

「そんなところです」ルインスタインは言った。「自分が嚙みつかれた経験から、痛いところがわかるんですよ」

ルインスタインは、ベルグレーヴ・スクエアの大邸宅を自由に歩きまわらせてもらい、その晩、いくつかの重要な発見をした。

第一に「ロンドン警視庁一番の腕利き刑事」というのは私立探偵で、本部付きの刑事ではないものの誠実で経験豊かなことに間違いはなく、以前にも卿に雇われたことのある男だった。

「大してなにかをするわけではないです」その探偵は認めた。「一晩中、書斎の扉の前で座っていなくてはならないだけで。卿は書斎の中に他人を入れるのはお嫌い――今のはなんだ？」彼は急に言った。

彼らは書斎から数歩離れた場所に立っていたが、敏感な探偵の耳はその音を聞き逃さなかった。

「なにも聞こえなかったが」ルインスタインは言った。

「いや、私は確かに部屋の中で音がしたのを聞きました。卿を呼んでくるので、ここで待っていてもらえますか？」

「なぜ入って確かめない？」ルインスタインが訊ねる。

「書斎の扉には錠がしてあるんです」探偵はニヤリと笑った。「すぐ戻ります」

探偵はブリッジに興じるクレイソープ卿を見つけると、心配で動揺する彼を連れてきた。卿は震える手で鍵を差しこみ、重い扉を開けた。

「先に入ってくれ、お巡りさん」ビクビクしながらクレイソープ卿は言った。「スイッチは右手にある」

書斎は明るい光に包まれたが、そこには誰もいなかった。部屋の端には長い窓があるが、頑丈な縦格子がはめられている。ブラインドは下ろしてあり、探偵はそれを開いたが、閉じた窓に開けられた形跡がないのを確認しただけだった。

「おかしいな」探偵は言った。「ブラインドを動かす音がしたんだが」

「風じゃないか？」ルインスタインは言ってみた。

「ありえません。ここの窓は全て密封されている」

「それに縦格子を抜けて、窓から入れるものはおらんじゃろう」と卿は言ったが、探偵は首を振った。

「普通の男なら、それは無理でしょう。しかし、女の子なら扉をぬけるのと同じくらい軽々と、通りぬけるかもしれません」

「ふん！　神経質になっておるだけだろう。きみ、部屋の確認だけしてくれ」

書斎には棚の類は無く、人が隠れられるような場所は全くなかったため、検査といっても一通り見渡すだけで終った。

「満足したか？」卿は訊ねた。

「完全に」と探偵は言い、三人とも部屋を出て扉を閉じ、クレイソープ卿が鍵を閉めた。

十一時半には客は全員帰り、ルインスタインだけが、クレイソープ卿が描写した奇妙な儀式を観察できるのを期待して残った。しかし残念ながらそうはならなかった。卿は独りで書斎に入り、扉に鍵を掛けると灯りを消し、覗き見するものがあったとしても、隅の大型金庫から宝石をしまった入れ物をどれに移動させたのか見られないようにした。やがてパタンとドアを閉める音がして、卿が再び現われた。

「これでよし」満足げに言いながら、鍵をポケットに収める。「帰る前にあちらで一杯やろう。ジョンソン、きみはここにいてくれるな?」と、卿は探偵に言う。

「もちろんです、閣下」探偵は答えた。

ドリンクが給仕される喫煙室に向かいながらクレイソープ卿は、全てを私立探偵事務所だけに任せているのではなく、ロンドン警視庁にも通報してあるのだと説明した。

「この家には既に見張りがついている可能性がある。どちらにせよ、結婚式が終るまで昼夜に渡りつく予定じゃ」

「それは懸命だと思います」ルインスタインは答えた。

濃い目のウィスキー・ソーダを呷ったあと、クレイソープ卿に伴われて玄関へ向かい、そこでコートを着せてもらった。まさに「おやすみ」の挨拶をしようとしたとき、正面玄関を叩く大きな音がし、執事が扉を開いた。戸口には二人の男が、華奢でほっそりとした人間をしっかりと摑み立っていた。

「心配ありません」一人が軽く勝ち誇ったように言った。「女を捕まえました! 上がってもよろしいでしょうか?」

「捕まえたじゃと?」クレイソープ卿は驚いて言った。「誰のことだ?」

言われずとも、それは明白だった。捕獲されたのは女の子で、彼女は頭からつま先まで黒をづくめだった。顔を覆う分厚いベールは、頭に被るぴったりとしたフェルトの帽子の下に留めてあるらしい。

「お宅の書斎の窓の下で捕まえました」満足そうに一方の男が言うと、私立探偵のジョンソンがうなった。

「きみは何者かね？」クレイソープ卿は訊ねた。

「ロンドン警視庁のフェルトン部長刑事です。クレイソープ卿ですね？」

「そうじゃ」

「われわれはお宅を見張っておりました」フェルトンは言った。「そしてこの女が、お宅の馬屋につづく横道へ勝手に入るのを目にしたのです。さてお嬢さん、顔を見せてもらおうか」

「そんなんじゃありません」彼女はもがきながら言った。「訳あってのことなんです。警視総監は理由をご存知なんだから」

彼女を捕らえた警官はためらい、相棒に目をやった。

「次の動きに出る前に、この件を担当する警視に連絡した方が良いかと思います、閣下」

警官はポケットから手錠を取り出した。

「両手を出して」そう言うと、光沢のある手錠をかちりと女の子の手首にはめた。

「警視が到着するまで、この女を閉じ込めておく金庫室はお宅にはありますか？」

「書斎を使ってくれ」と、卿は言った。

「扉は頑丈ですか？」

クレイソープ卿は微笑んだ。

卿自ら書斎の扉の鍵を開け灯りをつけると、女の子が部屋に連れてこられ、椅子に座らされた。警官はポケットから皮紐を取り出すと、彼女の足首を縛った。

「念には念を入れておくからな、お嬢さん」彼は言った。「何者かは知らないが、もうすぐ分かることだ。さて、電話だ。お宅には電話はありますか?」

「廊下に一台ある」

警官は女の子に目をやると、顎を掻いた。

「彼女を独りにするのは気が進まないな。ロビンソン。きみはここに残ってくれ。絶対に彼女から目を離すなよ」

一緒に部屋を出ると、卿が扉を閉じ鍵を掛ける間、警官は電話番号を探した。

「ところで、中から相棒が大声をあげれば聞こえますよね?」警官は訊ねた。

「いや」卿は即答した。「あのドア越しに音は聞こえない。でも、女の子ひとりの面倒くらい、みられるだろう」

一連のできごとをなにも言わずに観察していたルインスタインは微笑んだ。彼女が巧みな手段を使ってくるのは十分予想できたし、この騒ぎがどう収まるのか見届けたいと思っていた。その間、鍵の掛けられた書斎の扉の向こうでは、問題の女の子が腕を差し出し、『警官』が手錠の鍵を開けた。彼女は前屈みになり皮紐を解くと、素早く十個の金庫が埋めこまれた壁に近づき、一つひとつを素早く調べる。

「使われているのは、この三つよ。ジミー」女の子が言うと、仲間は頷いた。

「なんでわかったのかは、訊きませんよ」感心して彼は言った。

「簡単よ」彼女は言った。「ここに来てすぐ、各金庫の扉の端に細い黒の絹糸を貼っておいたの。この三つは切れているから、金庫の扉が開けられたということでしょ。まずはこれから試してみましょう。鍵をちょうだい」

『警官』がポケットから取り出した小型の革のケースを開くと、中には奇妙な形をした器具が入っていた。女の子は三度試みて、その度に万能鍵の仕掛けを調整しながら鍵穴から器具を取り出し、三度目に鍵がカチリと鳴ると扉が開いた。

「大当たり」勝ち誇ったように彼女は言った。

女の子はケースを一つ取り出し、開けると一瞬確認して、その宝石箱を自分のワンピースの片側の長いポケットに押し込んだ。二十秒で金庫は空になり、彼女は仲間に頷いてみせた。

「窓を開けて。まず灯りを消してから。頑張れば通り抜けられるわよ、ジミー。私には簡単だけど」

部屋の外では「部長刑事」が電話に手間取っていた。受話器を置くと、あきらめたように卿の方を向いた。

「申し訳ありませんが、ロンドン警視庁《ヤード》までひとっ走り戻ります。待たせてあるバイクを使います。どうも警視にうまく連絡がつかないもんで。書斎でしばらく相棒の相手をしていただけませんか」

「しかし」クレイソープ卿は憤然として言った。「おたくの相棒はわしの助けがなくとも、任務をこなせるはずだろう。それに、わしは素人だ」卿は息を継ぐのに言葉を止めた。

「わかりました、閣下」その『部長刑事』は丁寧な口調で言った。

しばらくして、彼のバイクのブルン、ブルン、という音が遠ざかるのが聞こえた。

「部長刑事の言う通りしたほうがよいと思いますよ」ルインスタインは言った。「いずれにせよ、書斎へ行くのに害はないでしょう」

「いや」クレイソープ卿はつっけんどんに言った。「警官なら女の子の面倒くらいみられるはずだ。そうだろう、ジョンソン?」

私立探偵のジョンソンは、すぐには答えなかった。

「閣下」彼は言った。「正直、宝石がある部屋に彼女を置いておくのは、少々不安を感じます」

「なんと!」クレイソープ卿は息を呑んだ。「それは考えていなかった。やれやれ。警官が見張っているんだ。彼とは顔見知りだろうな、ジョンソン?」

「いいえ」ジョンソンは率直に言った。「知り合いではありません。ロンドン警視庁の人間とはあまり接触がないですし、彼らは常に異動を繰り返すので、把握は難しいのです」

卿はなにも言わずに考え込み、心の中では不安が膨らんだ。

「うむ、そうした方がいいのかもしれんな。ルインスタイン」クレイソープ卿は言った。「書斎に行こう」

卿は扉の鍵を回し開けた。書斎は暗かった。

「いるのか?」卿が裏返ったオドオドした声で訊ねるので、ルインスタインは思わず吹き出しそうになった。

カチッと音がして灯りがつくと、そこには誰もいなかった。

クレイソープ卿の視線はまず、金庫に向けられた。扉はどれも閉まっていたが、内三つには四角いカードが挟まれており、それに気付いて、その意味を最初に察したのはルインスタインだった。

「なに？　なんじゃ、これは？」クレイソープ卿は震える手でカードを指差しながら、甲高いわななき声を出した。

「フォー・スクエア・ジェーンの名刺だ！」ルインスタインが言った。

第三章

ロンドン警視庁《スコットランドヤード》のピーター・ドーズ主任警視は、比較的若くしてその地位に登りつめた男だった。彼の所属部署はそれが誇りで——自身は功績をほとんど語らなかったが——一旦、出世街道に乗ると彼は順調に地位を上げていった。

髭を綺麗に剃り、外見的には比較的若いがこめかみに白いものも混じる彼は、犯罪と犯罪者に対する考え方も理性的で、前者を恐れることもなく、後者に敵意を持つこともなかった。

彼が唯一熱中することといえば、問題を内包するような犯罪だけだった。普通とは違う、風変わりなものにはなんでも魅了され、ロンドン警視庁が捜査するフォー・スクエア・ジェーン絡みの多くの事件を、彼のチームが一度も担当を任されずにいるのは、これまでの人生でも大いに残念なことだと思っていた。

クレイソープ卿宅の事件ののち、ピーター・ドーズはこの女犯罪者の発見と捕獲に駆り出されることになり、ずっと興味を持っていた事件を任されることを歓迎した。クレイソープ卿はロンドン警視庁にヒステリックな声で電話をかけてきたが、ピーターはあまり気に留めなかった。フォー・スクエア・ジェーンの被害者がどうしても伝えておきたいと主張する『手がかり』は矛盾も多く、そのせいで考えの妨げとなる偏見を抱かないようするのは、最重要課題だと思っていた。

彼は興奮するクレイソープ卿を午前四時に尋問したが、卿は半狂乱状態だった。

「酷い、酷すぎる」彼は悲痛な声で言った。「あんたたちロンドン警視庁の連中は、なんでこの手の悪事を野放しにしているのじゃ？　全く馬鹿げた話だ！」

被害者が感情を爆発させるのにピーター・ドーズは慣れていなかったが、この騒ぎを冷静に訊いた。

「女一名が、彼女を捕獲したふりをした男二名に連れられて、お宅に上がったというのに間違いはありませんか？」

「警官二人だったんだ！」うめくように卿は言った。

「警官だと思われたのでしたら、騙されたのですよ」微笑んでピーターは言った。「女とその捕獲者の片割れが、宝石を保管している書斎で十分間過ごせるよう仕組んだのですね。ところで、この犯罪が起ったのは、客の帰宅後でしたか？」

クレイソープ卿は疲れたように頷いた。

「客は全員帰った後だった」卿は言った。「友人のルインスタインだけが残っていた」

ピーターは部屋を調べ、風変わりなカードを見ると興味に目を輝かせた。ドアと窓の格子を調べ、床もできる限り慎重に調査した。

「この時間にできることは限られています。日が昇ったらもう一度来て、この部屋を徹底的に捜査しましょう。埃払いや拭き掃除はさせないでください」

九時にピーターが再訪するとベッドで寝ているものという予想に反して、寝間着にガウン姿のクレイソープ卿が驚いたことに書斎で待ちうけていた。

「これを見てみろ」卿は大声で言うと、手荒く手紙を振ってみせた。

ピーターはそれを受け取ると読んだ。


卑劣な人！　ヴェネチアン・ブレスレットを無くしたとき、あなたは一万ポンドの報奨金を約束した。資金繰りに苦しむ病院に私はブレスレットを送り、受取人の医師より贈与された病院には報奨金全額を支払われる権利があった。真珠を盗ったのは、あなたが病院相手に六千ポンドをごまかしたからです。これを再び手にする日はこないと覚悟することね。


署名はされていないものの、四角の真ん中に『J』と見慣れたマークが粗っぽく書かれていた。

「ヨスト製のタイプライターで書かれていますね」と、注意深く手紙を観察しながらピーター・ドーズは言った。「紙は安っぽい大量生産品、封筒もそれは同じだ。送付方法は？」

「地区の配達員が運んできた」クレイソープ卿は言った。「どうですかな、お巡りさん？　真珠を取り戻せる可能性はあるのか？」

「可能性はあると思いますが、かなり確立は低いでしょう」ピーターは言った。

彼はロンドン警視庁に戻ると、上司に報告した。

「わかっている限り、この女は約十二か月前に一連の活動をはじめたようです。彼女が狙うのは通常、この手の被害にあいやすい普通の市民ではなく、常に銀行へ大量のカネを預けているような人間、しかも私の調べによれば、いかがわしい搾取を行う会社に関与した結果、大金を銀行に預けられるようになった連中です」

「彼女は盗んだ金をどうしているのだ?」警視総監は興味を引かれたように訊いた。

「奇妙なことに」ピーターは答えた。「どうやら様々な慈善団体に多額の寄付を行っているらしいのです。例えばルインスタイン家での盗難のあとには、ロンドンのイーストエンドの大きな孤児院に匿名で四千ポンドの寄付がありました。それと時を同じくして、ウエストエンドの病院がやはり四千ポンドを受け取った。タルボットでは三千ポンドが盗まれ、それとほぼ同額が無名の人物よりウエストエンド産院に寄付されました。結局、彼女は病院と密接な関連のある人物で、法外な大金持ちから盗み、貧困層を助けるなんていう理想に燃え犯罪に走った、と明らかにできるのではないかとみています」

「それは麗しいことだな」警視総監はそっけなく言った。「だが、立派な志があろうがこちらには関係ない。警察から見れば彼女はただの泥棒だ」

「彼女にはそれ以上のなにかがあります」ピーターは静かに言った。「私が本庁勤務になってから担当した中でも、彼女は最も巧妙な犯罪者です。恐れながらもいつか会ってみたいとわれわれが願っているもの、つまり明晰な頭脳を備えた犯罪者というわけです」

「この女を見た者はいるのか?」警視総監は興味を惹かれて言った。

「いるとも、いないとも言えます」ピーター・ドーズは答えた。「不可解に思われるかもしれませんが、彼女を見た者が再度、その顔を認識する可能性はないという意味です。ルインスタインもクレイソープも彼女と会ったが、女はベールを被り顔を見られないようにしていた。私の課題は、次の襲撃対象を特定することです。例え法外な大金持ちのみを狙うにしても、対象は四万人います。もちろん、その全員を守ることは不可能です。でも、どうだろう――」彼はためらうように言った。

「なんだ?」警視総監は言った。

「いえ、彼女の手口を慎重に研究して思ったのです」ピーターは答えた。「次の標的が誰になるのか考えてきました。対象となるのは、非常に裕福で富をひけらかす人物だと睨み、候補を約四人まで絞りました。グレゴリー・スミス、カール・スイス、トーマス・スコット氏、そしてジョン・トレッサーです。私の予想では、彼女はトレッサーを狙うだろうと思います。トレッサーは大変な財を築きましたが、それは必ずしも真っ当な方法ではなかった上に、自分の富を宣伝するのも忘れない。ハスルメア公爵の邸宅を購入したのも彼ですし、絵画を収集していて――新聞に書きたてられているのはご存知でしょう」

警視総監は頷いた。

「ジョージ・ロムニーの名画を所蔵しているのではなかったかな?」

「そうです」ピーターは答えた。「トレッサーはもちろん、絵画とガスストーブの区別もつかないような男です。ロムニーの作品が素晴らしいのは知っているが、それは他人の言葉を鵜呑みにしているだけのことだ。それに新聞で、慈善活動への個人的意見を公にしたのも彼です。公的施設には一ペニーも渡したことはないし、同等の見返りがないものに金を出すことはしない、とね。こういうのにジェーンの気持ちは大いに刺激されるでしょう。それに加えて、あのロムニーの作品の芸術的価値も、時価も大々的に宣伝されてきた。これほどの魅力には抗えないだろうと思いますよ」

トレッサー氏は面会が困難な相手だった。ロンドンのシティで多数の事業に関与しているため、朝食時から夜遅くまで忙しくしている。リッツ・カールトン・ホテルのプライベートな食堂で、ピーターがやっと捕まえた相手は恰幅のよい赤毛の男で、長い上唇はきちんと髭を剃ってあり、冷たい青い目の持ち主だった。

ピーター・ドーズの名刺の魅力には抗えず、トレッサーは面会に応じた。

「まあまあ、座って」トレッサー氏は急かすように言った。「なにか問題でも？」

ピーターは面会の理由を説明し、トレッサーはビジネスの提案でも聞くかのごとく、興味深げに耳を傾けた。

「ジェーンとかいう女の話はいろいろ聞いたよ」トレッサー氏は上機嫌で言った。「でも、ぼくから盗むなんてさせませんよ、絶対に！　それからあのラ、ム、ニ、ーの絵——名前の発音、これであってる？　——とにかくあの絵に関しては心配ないですから！」

「しかし、絵画コレクションを一般公開する許可を出されたと聞きましたが」

「そうですよ」トレッサー氏は言った。「でも、来訪者は全員訪問帖にサインすることになっているし、絵には監視をつけてあるから」

「夜間はロムニーの絵はどこに？　壁にかけたままですか？」ピーターが訊ねると、トレッサーは笑った。

「さすがに馬鹿じゃありませんから」トレッサーは言った。「金庫室に移動させますよ。公爵が取りつけた金庫室は素晴らしくて、容易には開かないようになっているんです」

ピーター・ドーズは、閂に対して絶対的信頼を寄せる気にはなれなかった。フォー・スクエア・ジェーンは芸術家であると同時に戦略家だ。もちろん絵画には興味を示さないかもしれないし、絵の場合、盗むにしても夜でなければ移動は難しそうだが、それはありえなさそうだ。

バークレー・スクエアの近くにあるハスルメア邸は、不規則に広がる建物で、長い現代的な絵画陳列室への入室許可を得ると、ピーターは自分の名を署名し、明らかに警備員という風采の男に名刺を示してから入室を許された。展示されている問題の絵は典型的なロムニーの作風の美しい作品だった。

ピーターの他に閲覧者はなく、彼は絵以外にも注意を向けた。事故があった場合を想定して部屋を見渡してみる。部屋は長細い形をしていた。ドアは入室時に使った一か所のみで、両端に位置する窓には格子のみならず、細かい金網が格子に貼られており、そこから出入りするのは不可能だ。窓も部屋と同じく長細い形をしており、侵入者が身を隠せられるようなカーテンは取りつけられていなかった。昼間はシンプルな巻き上げ型のブラインドで日光を遮断するようになっている。

ピーターは部屋を出ると、こちらをじろじろ見る警備員の前を通り、もし、フォー・スクエア・ジェーンがトレッサー氏の絵画を狙い乗りこんだとしても、ここから逃れるには相当綿密な計画を練らなければ無理だと判断し満足した。ロンドン警視庁に戻り、自分のオフィスで多忙に過ごした後、昼食に出た。三時に戻り、フォー・スクエア・ジェーンのことは頭から追い払った頃、緊急の電話を受け取った。副警視総監からだった。

「すぐに部屋に来てくれんか、ドーズ?」電話の声に言われ、ピーターは長い廊下を走り警視総監の部屋へ向かった。

「結局、待つ必要はなかったわけだな」と、着く早々に言われた。

「どういう意味ですか?」ピーターは言った。

「貴重なロムニーの絵が盗まれたのだ」と言われ、ピーターは警視総監を見つめるしかなかった。

「いつの話です?」

「三十分前だ。バークレー・スクエアに出向いて、現地で聞きこみをしてこい」

二分後、ピーターの二人乗りの小型車は車の波を潜り、十分後には到着したハスルメア邸のロビーで、動揺する案内係の尋問をはじめていた。そこで明らかになった事実は簡単だった。

二時十五分に、重い外套を纏い顎までボタンをした老人がハスルメア邸に現われ、肖像画展示室を閲覧したいと許可を求めた。彼は『トーマス・スミス』と名乗った。

彼はロムニー評論の権威で、よくしゃべる男だった。案内係に誰でも話しかけるし、自分の経験と芸術的知識と、批評家としての才能を長々と語るにやぶさかないという、つまり案内係ならよく遭遇する退屈させられるタイプだったので、彼らは喜んで男の単調な会話を遮り、展示室へと案内した。

「彼は部屋に独りでいたのか？」ピーターは訊ねた。

「はい、そうです」

「一緒に入室した人はいなかったんだね？」

「いませんでした」

ピーターは頷いた。

「もちろん、案内係を追い払う意図で、わざとおしゃべり好きを装ったのかもしれないが、つづきをきかせてくれ」

「その男は展示室に入るとロムニーの絵の前に立ち、夢中になって見入っているところを目撃されています。男を見た案内係は、そのときにはロムニーの絵は間違いなく額に収まっていたと言いました。作品は目の高さに飾られていました。つまり額の上部は、床から約二メートル強の高さにあったわけです」

「案内係がその老人の様子を確認したほぼ直後、彼はロムニーの作品の美しさを呟きながら、部屋から出てきました。老人が展示室を出て外のロビーに入ったところで、小さな女の子が来て、やはり展示室閲覧の許可を求めました。訪問帖にその子は名前を『エレン・コール』と書いています」

「どんな子だった？」ピーターは訊ねた。

「ただの子どもですよ」案内係は曖昧に答えた。「普通の女の子でした」

その女の子は、老人が出るのと行き違いに絵画サロンに入室し、彼は振りかえり彼女を見てから、ロビーを通り玄関を潜って外に出ていった。しかし扉に着く前にポケットからハンカチを取り出すと、一緒に銀の硬貨が五、六枚こぼれ落ち、玄関の大理石の床に散らばった。案内係たちが硬貨を拾うのを手伝い――老人はそれに感謝したが、未だロムニーの絵が頭から離れないらしく、その間ずっと独り言を呟きながら結局は帰っていった。

彼が消えたのとほぼ同時に展示室から出てきた少女は、「ロムニーの絵ってどれなの?」と訊ねた。

「部屋の真ん中にあるやつだよ」と、案内係は教えた。「ドアの真向いの絵だ」

「でも、そこには絵はないよ」女の子は言った。「空の額だけで、黒くて四角い変なカードが挟まってるの」

数名の案内係が走って展示室に向かうと、問題の絵は確かに消えて無くなっていた!

絵があった場所、つまり額の奥にはフォー・スクエア・ジェーンのカードがあった。

それでも案内係たちは完全にパニックには陥らなかったようだった。一人は電話に直行して近所の警察署に連絡し、もう一人はあの老人を探しに出た。しかし、彼を見つけようとする努力は無駄に終った。バークレー・スクエアの角の担当だった警官は、男がタクシーに乗り去るのを目撃したものの、ナンバープレートまでは覚えていなかった。

「それで、その女の子はどうしたんですか?」ピーターは訊ねた。

「ああ、あの子は帰っていきました」案内係は言った。「暫くは残って待っていたけれど、その後いなくなったんです。彼女の住所は訪問帖にあります。あの子が絵を持ち出した可能性は全くありません――。それは確実です」案内係はきっぱりと言った。「彼女は丈の短いスカートで、夏らしい涼しい恰好をしていましたし、ロムニーの大きなキャンバスを隠し持つのは不可能でした」

ピーターは展示室に入り額を調べた。絵は境界に沿って切り取られていた。部屋を見渡し、注意深く観察するもなにも見つからず、唯一の発見は、絵のすぐ前にあった白く長いクリップだけだった。それは銀行で紙幣をまとめるときに使うようなものだった。他には手がかりとなるようなものはなかった。

紛失事件へのトレッサーの落ちつきも、新聞で盗難の詳細が出るまでのことだった。記事で作品の価値を思い知らされたらしく、やっと返還に対する報奨金を約束した。

クラブや社交界では、盗まれたロムニーの絵の話題で持ち切りだった。新聞のコラムもこのことを書きたて、犯罪捜査官気取りの、頭が良い素人の若者たちの想像力を掻き立てた。犯罪専門家が一同に現場に集まり、読者は複雑で独創的な諸説を、憶測を巡らせながら興味深く読むのだった。

訪問帖に記入された老人と少女の、二件の住所を手にしたピーター・ドーズは、その日の午後、自ら捜査に乗り出したが、該当の住所には博識のスミス氏も幼い少女も存在しないのを発見しただけで終った。

本部に戻ったピーターは、どのように犯罪が行われたのか、確信を持って報告した。

「老人は囮だったのです」彼は言った。「彼に嫌疑がかかるようにし、案内係の注目が集まるよう仕向けた。わざと長々と芸術談議をして皆をうんざりさせておいて、一人になれるよう図る。サロンに来たとき、図体が大きい自分の外見に案内係の注目が集まるのはわかっていた。そして、彼が出てくるのと——素晴らしいタイミングで——入れ替わり、あの子が入ってきたのだ。見事な計画だ。

「硬貨を落としたのは老人に注目を集めさせるためで、その瞬間、たぶん額から絵が切り取られ、隠されたのです。どこに隠したのか、または女の子がどうやって持ち出したのかは謎です。案内係たちは、彼女が隠し持って出なかったのは絶対確かだと言うし、私の方でも絵画と同等の大きさに切った厚手のキャンバスで実験してみましたが、膨らむので、誰も気がつかなかったということはありえません」

「しかし、その女の子とは一体誰だったんだ？」

「フォー・スクエア・ジェーンですよ！」ピーターは即答した。

「ありえんだろう！」

ピーターは微笑んだ。

「若い女の子が更に年下のふりをするのは簡単です。丈の短いワンピースを着て、髪はおさげにする、準備はそれだけだ！　フォー・スクエア・ジェーンは単に頭がいいというだけの人間じゃないですから」

「待ってくれ」警視総監は言った。「窓越しに誰かに手渡すことはできなかったのか?」

ピーターは首を振った。

「それも考えました。しかし、窓は閉まっていたし、金網がありましたので、そのような形で持ち出すのは不可能です。なにか他の手段を使い、案内係たちの目の前から絵を移動させたんだ。そして、なにも知らぬふりを装って展示室から出てきて、ロムニーの作品はどこにあるのか——と訊いてみせたのです。当然、皆は慌ててサロンに駆けつけた。それから三分の間、その『子ども』に注意を払った者はいませんでした」

「案内係の一人が共謀していた可能性はあるかね?」

「あり得る話です」ピーターは言った。「が、どの係員も良好で安定した仕事ぶりだったと記録されています。全員、既婚者で少しでも疑わしい者は一人もいません」

「それで、あの女は絵をどうするつもりなのだ? 処分は無理だろう」と、警視総監は抗議した。

「報奨金が狙いなんですよ」ピーターは微笑んで言った。「総監、この件に私は全力で取り組むつもりです。今すぐジェーンを逮捕とはいきませんが、希望は捨てていません」

「狙いは報奨金か」警視総監は、もう一度言った。「多額の金だ。しかし受け渡しのときに、確実に逮捕できるんだろうな?」

「そうとも限りません」ピーターは答え、ポケットから電報を取り出すと、テーブルに広げてみせた。そこにはこうあった。

ロムニーはトレッサー氏がパントン大通り小児病院へ五千ポンドの寄付を約束した後に返還される。上記金額の支払いに同意する書類に氏が署名したら絵は戻される由。

ジェーン

「トレッサーの反応は？」

「同意しました」ピーターは答え「そして、パントン大通り病院の秘書にも、その旨を伝える手紙は送ってあります。彼が合意したのを、新聞に大々的に報じさせました」

その日の午後三時、もう一通の電報が今度はピーター・ドーズ宛に届けられ、彼女が状況に精通しており、彼が事件担当だと承知している事実には苛立ちを覚えた。

ロムニーは今夜八時に返還される。絵画展示室で待機し警戒を怠りませんよう。今回は私を捕まえてね。

フォー・スクエア・ジェーン

電報は本局からの発信だった。

ピーター・ドーズはあらゆる警戒体制を敷いた。実は捕獲の可能性が低いと踏んでいたものの、フォー・スクエア・ジェーンの投獄成功とならなかったとしても、それは彼の準備不足のせいではなかった。

少数の人間が、重苦しい雰囲気のトレッサーの自宅玄関に集まった。ピーターと刑事二名、トレッサー自身は太い葉巻を吸い、心配度も一番低いと見え、他には案内係三人と、パントン大通り病院の代表も来ていた。

「彼女自ら現われると思いますか?」トレッサーは訊ねた。「ジェーンという女に会ってみたいな。ぼくは上手くかつがれてしまったわけだけど、恨んではいないんだよね」

「電話一本で警察の特別部隊が駆けつけるよう、手配してあります」ピーターは言った。「それに道は刑事たちが見張っているので、興奮するような事態に発展するか約束はできません。彼女はつかみどころのない女ですから」

「でも配達員は――」トレッサーは思いついたように言った。

ピーターは首を振った。

「配達には地区配達員を使ってくるかもしれませんが、こちらも用心して対策はうってあります。地区配達全事務所に、この住所宛の小包を持ちこんだ者があれば、ロンドン警視庁へ通報するよう通知を出しました」

近所の教会から八時を告げる大きな鐘の音がしても、フォー・スクエア・ジェーンは現われなかった。五分後、呼び鈴が鳴り、ピーター・ドーズが玄関の扉を開いた。

電報配達の男の子だった。

ピーターは肌色の封筒を受け取ると破り開き、メッセージに慎重に目を通すと笑い声を上げた。あきらめと感嘆の入り混じった笑いだった。

「彼女、やってくれましたよ」彼は言った。

「どういう意味だ?」トレッサーが訊ねた。

「来て下さい」

彼の先導で展示室へ入った。壁には空の額が飾られ、その奥にはフォー・スクエア・ジェーンの残していったカードが半分顔を覗かせていた。

ピーターは部屋の端の窓のひとつに真っ直ぐ向かった。

「絵はここにあります。一度も部屋を離れなかったんですよ」

彼が手を上げ紐を引くと、ブラインドはゆっくりと回転した。

集まった人々は驚きに息を呑んだ。クリップで留められブラインドと一緒に巻き上げられた、行方不明のロムニーが姿を現したのだ。


「クリップをみつけたときに、気づくべきでした」ピーターは警視総監に言った。素早い仕事だったが、可能だったのだ。

「彼女は絵を切り取ると、部屋の隅に移動してブラインドを引き下ろした。絵の上端をクリップで固定して、ブラインドを元に戻した。それを引き下ろそうと考えついた者は、忌々しいことにいなかったんだ!」

「私が心配しているのは」警視総監は言った。「フォー・スクエア・ジェーンとは一体何者か、ということだ」

「それをこれから」ピーターは答えた。「私は明らかにしたいと思います」

第四章

ゴードン・ウィルバーフォースの妻は、大柄で従順な性格、均整の取れた貴族的な顔だちをしており、雪のように白い髪の持ち主だった。雪のような白髪になるには若すぎるというのは事実だし、なかにはウィルバーフォース夫人にとって酷く不名誉な、とある逸話を露骨に話す者もいた。

その噂によれば、夫人はある有名な美容師のサロンに出向き、そこで美容師は夫人の髪に、八十年代後半に友人や崇拝者たちを魅惑した金の色合いを復元しようと試みたという。しかし美容師は、控えめな広告で保証しているような成功を収めなかった。ウィルバーフォース夫人の髪は半分が緑に、もう半分は濃い桃色がかった褐色になってしまった。そこでウィルバーフォース夫人は果敢にも、震える美容師に徹底的に漂白しなおすよう命令したという。

ほとぼりが冷めたころ、夫人は家族の前に再び姿を表した。その説明によれば、ジョイスのことを心配するあまり一晩で白髪化してしまったというのだった。

夫人が娘のジョイス・ウィルバーフォースのことで悩む理由はたくさんあった。その最たる例が、母は娘のことを理解できず、娘も母を理解できないことだった。

ウィルバーフォース夫人と娘は二人で、ハイド・パークを見下ろす小さな居間で朝食を取り、夫人の方はなにか考え込んでいた。

「ジョイス」夫人は言った。「他のことに気を取られないように気をつけて、これから私が言うことをきちんと聞いてちょうだい」

「はい、お母様」娘は従順に言った。

「誠にしたあの女中を覚えているかしら、ジェーン・ブリグロウという子」

「ジェーン・ブリグロウですか？」娘は言った。「ええ、よく覚えています。お母様はあの子の態度が気に入らなかったんでしたっけ」

「もったいぶった態度の子でした」ウィルバーフォース夫人は厳しい口調で言った。

娘の口元には笑みが浮かんだ。ジョイスと母が意見を共にすることはまるでなかった。ジェーン・ブリグロウの話で、このように二人が意見を対立させたのは、今回がはじめてではなかった。

「ジェーンはよい子でした」ジョイスは静かに言った。「夢見がちで、刺激的な読み物が好きなところがあるだけで、普通の子でしたわ」

ウィルバーフォース夫人は鼻をならした。

「お前がそう思うなら、それはそれで良いことだけど」夫人が言うと、娘は急いで顔を上げた。

「なんでそんなこと言うの、お母様？」

「だって」ウィルバーフォース夫人は言った。「あのろくでなしの女強盗もジェーンという名なのは、奇妙なことだと思わない？」

ジョイスは笑った。

「ジェーンなんて、よくある名前じゃない」

「でも、あの女は普通とは違う手口を使っている」母の方は言った。「彼女が盗みを働いた相手はうちの、でなければクレイソープ卿の友人ばかりよ。それにしても」怒りに体を軽く振るわせながら夫人はつづけた。「損害を被ったのに冷静なのね。おまえが受け取るはずだった五万ポンドの首飾りが紛失したのは知っていますよね？」

ジョイスは頷いた。

「生贄の飾りつけのために購入したやつね」ジョイスは皮肉を込めて言った。

「そんなばかげたことを！」鼻を鳴らしてウィルバーフォース夫人は言った。「生贄だなんて！おまえはクレイソープ卿の後継者と結婚するんですよ。それに卿はおじ様の親友だった方なんですから」

「私と個人的に親しいわけではないわ」ジョイスは突然、怒りを覚えたように不機嫌な声で言った。「一緒に育ち、実の兄弟のように思っている人だからといって、その人と結婚しなくてはならないという理由にはならないわ。本当はその反対なんじゃないかしら。私を意気地なしと呼ぶ人は今までいなかったけれど、こんなふうにされるがままに結婚したら、自分のプライドを完全に失ってしまいます」

「あら」ウィルバーフォース夫人は言い、「他に結婚相手の候補もいない割に、ずいぶん熱心な主張ですこと。そういうのは浅はかと言うんですよ」とつけ加えた。

「他に結婚したい人がいるかどうかは関係ありません」ずいぶん間があってからジョイスは言った。「単にフランシスとは結婚したくないというだけだから」

ジョイスは部屋を横切ると、銀の額縁に収められた、話題の張本人の写真を手に取った。

「それに私の言っていることは正しいと思うの」と最後に言った。ウィルバーフォース夫人はなにも言わなかった。

「だって、自分で選んだ人と結婚すべきじゃない？」ジョイスは言った。「クレイソープ卿のこの振る舞いは酷く利己的なもので、ご自分の狙いがあってのことだと、お母様にはわからないの？」

「私にはひとつ、わかっていることがあります」ウィルバーフォース夫人は腹を立てて言った。「おまえが強情を張るあまり、社交界での自分の地位を危うくしているだけでなく、私まで巻きこんで経済的にも危機を招いているということです。わかっているでしょう、ジョイス。クレイソープ卿はおじ様の遺言に忠実に動いているのだし、おじ様はおまえのためを思ってこんな指示を遺されたのですよ」

「おじ様が莫大な遺産を私に残す条件として、結婚には財産の管理を任せたクレイソープ卿の許可をつけられたのは、卿は公平な方だとおじ様が無邪気に信じて、これが私のためだと思い込まれていたからだわ。卿が無能な自分の息子を結婚相手として選ぶなんて、夢にも思っていなかったはずよ！」

「無能ですって！」ウィルバーフォース夫人は息を呑んだ。「またそんな酷いことを。フランシスは知識人ではないかもしれないけれど良い子だし、将来、クレイソープ家の爵位を継ぐ人間なのよ」

「私の知る限り」娘は言った。「フランシスの長所はそれしかないわ。お母様がどんなふうに言い換えようと勝手ですけど、事実は変わらない。フランシス・クレイソープと結婚しない限り、私は多額の財産を失うことになる。クレイソープ卿からすれば、それと引き換えに五万ポンドの首飾りをプレゼントするくらいなんでもないはずよ！」

ウィルバーフォース夫人はドレスの膝上部分をじっくりと平らにならした。

「あのね、これはとても賢明な条件だったのよ」夫人は言った。「お陰でおまえはあのとんでもない、ジェイミソン・スティールと結婚せずに済んだのですから。想像してごらんなさい、無一文の技師で偽造に手をだすような男と結婚するだなんて！」

ジョイスは頬を紅潮させ、勢いよく立ち上がった。「そんなふうに言わないで、お母様」彼女は鋭く言った。「ジェイミソンは、クレイソープ卿の署名偽造なんてしませんでした。受け取った小切手は、ジェイミソン宛とされていたし、署名したのはクレイソープ卿自身で、後から卿がそれを否定したとしても、ご自分の目的があってされたことなんだから。卿は、私がジェイミソンに好意を持っているのをご存知だった。残酷な行為よ、あまりにも酷すぎる！」

ウィルバーフォース夫人は同意できないというように手を上げた。「大騒ぎするのはやめてちょうだい」夫人は言った。「それにおまえが遺産を継げば、私も楽になるんですから。おまえを学校にやり、社交界での地位を確保するのに、何年切り詰めたことか。ジェイミソンは道を踏み外したのかもしれないし――」

「彼は無実なんだってば」ジョイスは大声で言った。「クレイソープ卿のあの告発は、ジェイミソンの名を傷つけ、私たちの結婚に反対する言い訳を作るためだったんだから」

ウィルバーフォース夫人は広い肩をすくめてみせた。

「今更そんな話を蒸し返しても仕方がありません」夫人は言った。「この話は忘れましょう。ジェイミソンは行方をくらましたままだし、アメリカででも意義のある暮らしをしているといいのですけれど」

娘は肩をすくめた。これ以上、母と言い争いをつづけても仕方がないのはわかっていた。彼女は話題を変えた。

「それで、ジェーン・ブリグロウがどうしたの?」彼女は訊ねた。「彼女を見かけたんですか?」

ウィルバーフォース夫人は首を振った。

「いいえ」夫人は言った。「でも、夜にいろいろ考えている内に、ジェーンは一連の犯罪についてなにか知っていると結論したの。あの女の描写を総合すると、ジェーンが強盗になにかしら関わっているとしか思えません」

ジョイスは笑った。

「だったらジェイミソンも、その一味なんじゃないの?」皮肉を込めて言うと、ウィルバーフォース夫人は唇をきつく閉じた。

「きついことを言うのね、ジョイス。私は気の毒なフランシスに同情しているんですよ」

立ち上がって窓に近づき、公園の向うを眺める娘に、ウィルバーフォース夫人は不安げに目をやった。

「おまえはおかしな娘ね、ジョイス」夫人は言った。「結婚式は明日、明日には莫大な財産が自分のものとなるというのに。まるで絞首刑を待っている人間みたいな顔をして」

そのとき、女中が部屋に入ってきた。

「クレイソープ卿とご子息です」彼女が告げると、ウィルバーフォース夫人は満面の笑みを浮かべて立ち上がった。

卿につづいて入ってきた青年は背が高く痩せていた。妙に小さい頭に気の弱そうな小さな顔がついており、猫背で、ひょろ長い腕を持て余している。ジョイスは結婚式を控える花嫁には見えなかったが、この青年も明日、花婿になる用意ができているようには見えなかった。

彼はウィルバーフォース夫人と無気力に握手すると、娘の方に足を引きずるように近づいた。

「いやあ」甲高い声で、語尾が軽いクスクス笑いになりながら言った。「真珠が無くなっちゃうなんて、ずいぶん運が悪かったね」

ジョイスは考え込んだ様子で彼を見た。

「結婚をどう思っているの、フランシス?」彼女は訊ねた。

フランシスは肩をすくめた。

「さあ、わかんないけど」はっきりとしない調子で言った。「ぼくにとっては大して違いはないんだ。もちろん大勢の人間に説明するはめになるし、失恋に悲しんだりする人は沢山いるわけだよね」

　笑ってもよかったが、彼女は顔には出さなかった。

「ええ、とても魅力的なお友達を、私のせいでがっかりさせることになったんでしょうね」ジョイスはそっけなく言った。「でもあなたみたいな逸材でも、結婚相手はひとりしか選べないのですから」

「そういうこと」フランシスはそう言うとまたクスクスと笑い、その手は知らずポケットに突っ込まれていた。

　この青年は、人を惹きつける自分の力に自信があり、曰く、自分は女誑しの部類に入ると思っていた。

「変な話」軽く笑いながらフランシスは言った。「知り合いだけでなく、知らない人でもショックを受けたのが大勢いるらしいんだよね。他人っていうか、ぼくの方はもう覚えていないような人や女の子たちが、酷く嘆いているんだ。手紙なんか見るのは嫌だったりする？」彼は意味ありげに言った。

　ジョイスは首を振った。

　フランシスは飾りのついたケースをポケットから取り出し開くと、強烈な香りのついた手紙を取り出した。分厚い便箋を開くと読んでみせた。

　つい先ほど、明日、あなたが結婚されるという辛い知らせを読みました。一度、もう一度だけ、昔の楽しかった思い出に免じて会って下さらない？　ご結婚される前に、どうしてもあなたとお会いしたい。どうしてもお顔を見てさよならを言いたいんです。あなたを煩わせるようなことは、二度と絶対に致しません。昔は私の顔を可愛いと言って下さったわよね。最後にもう一度だけ、その顔を見て下さらない？　会えるならタイムズ紙に身の上相談広告を出して下されば、明日の夜九時にリージェンツ・パークのアルバートゲートでお待ちしています。

「今夜ってことさ」青年は説明した。「彼女、誰なの？」興味を引かれたようにジョイスは訊ねた。

「そんなの知らないよ！」フランシス・クレイソープは、機嫌良くきどった笑みを浮かべながら言った。「まあ、会わないわけにはいかないでしょ。もう広告は打ってある。別に構わないよね？」

ジョイスは首を振った。

「親父には内緒なんだ」青年は言った。「きみの方からも言わないで欲しいんだ。あの人はこういうことに関してちょっと古いところがあるし、きみみたいな寛大な見識は持っていないんだよ、ジョイス。それから、マッガーリー神父にも絶対に言わないでくれよ。あれは田舎者なんだから！」

「マッガーリー神父」彼女は繰り返して言った。「そうだわ、神父様も昼食に同席の予定よね？」

「個人的には」青年は話をやめようとしなかった。「花嫁と花婿が、式を執り行う人と昼食するなんて、ちょっと野暮だと思うんだよね。でも親父さんは、マッガーリーをずいぶん気に入っている。今夜の晩餐にまで招待しているんだぜ。助言とかしてくれないといいんだけど、さもなければ本音がでちゃいそうだよ」

彼が痩せた肩を決然と怒らせてみせると、女の子の方はまた笑いそうになるのを堪えた。

それからまもなく彼女は自分の部屋に下がり、レストラン〈サイロズ〉へ向かう車が玄関に到着するまで姿を表さなかった。一行の五番目の一員として加わったマッガーリー神父は、背の高いハンサムな男で、聖公会教派内では『保守派《ハイ・チャーチ》』だという評判で、法王シンパの傾向があるとみられていた。

フォー・スクエア・ジェーンのことが話題にのぼったのも無理はなかった。クレイソープ卿には大いに興味のある話だったし、ウィルバーフォース夫人の説に耳を傾ける卿の皺のよった黄色い肌の顔は、格別に気をつけて聞いているという表情だった。

「遅かれ早かれ、警察に捕まるじゃろう」卿は意地の悪い口調で言った。「それは確かじゃ」

フランシスは上機嫌でどうでもよいおしゃべりをやめようとしなかった。午前中に途中でジョイスに遮られた話、先週から一度どころか何度も繰り返しこの情報を教えているにも関わらず、彼が『ニュース』と呼ぶ話題、つまり彼らを結ぶ結婚指輪をポケットに入れ持ち歩いていることを話した。フランシスは華奢な輝くプラチナの指輪を取り出してジョイスに披露したが、彼女はその美しさにも大して興味を示さず、フランシスは宝石に対する自分の趣味のよさを長々と解説すると、つづけてまた、とりとめもなく同じくらいつまらない話題に移っていった。

それでもジョイスにとって、その昼食は全く退屈というわけではなかった。繰り返しフォー・スクエア・ジェーンのことが話題になったし、その朝、母に認めたように、彼女からすれば思わず嫌悪感を抱かざるを得ないような人間を標的にするこの強盗に対し、ある意味、共感するところもあった。

その夜、フランシスはウキウキしながら、未知の崇拝者との火遊び的逢引きに出かけていった。彼は父の晩餐の席に遅れて現われ、興奮に身を震わせながら、その出会いの成り行きについて、自分なりの解釈をうっかりしゃべってしまった。

「つまり知らない女だったというのか?」クレイソープ卿は非難するように訊ねた。

「いえ」青年は言った。「顔が見えなかったんです。ベールを被っていて。彼女は車中に座り、歩道にいたぼくを呼び寄せました。ぼくは車に乗りこみ、彼女とちょっとおしゃべりをした。すると」大したことないという口調で言う。「彼女、ぼくの首に腕を巻きつけて、一瞬きつく抱きしめると『もう耐えられないわ、フランシス。お帰りになって』と言ったんです」

「ずいぶん奇妙な話ですな」マッガーリー師は考え込むように言った。「全く奇妙だ。可哀想に、その娘はこの先、修道院で隠遁の生涯を送るのかもしれませんな」

「愚かなことをしたもんだ」クレイソープ卿は厳しい口調で言った。「知らん人間に会いに行くとは。おまえには驚いたぞ、フランシス、結婚式の前夜なのに」

マッガーリー神父はパトロンであるクレイソープ卿よりも、この事件に感銘を受けたらしかった。その晩、ケンジントンの自宅に歩いて帰りながら、この事件を元にした説教、一般誌からもある程度の話題にされること確実な内容を、頭の中で組み立てた。質素な自宅に戻ると、真面目で礼儀正しい物腰の執事が待ち受けていた。

「シスター・アガサが書斎でお待ちです」執事は小声で言った。

「シスター・アガサ？」マッガーリー神父は鸚鵡返しに言った。「覚えのない名前だが」

それは珍しいことではなく、マッガーリー神父が関与する様々な修道会には大勢のシスターが関わっており、全員の名前を覚えるのは不可能だった。

このように遅い時間にシスターが訪ねて来るほどの急用とはなにごとだろうかと、不思議に思いながら、神父は書斎に向かった。書斎には灯りが灯されていたが、シスター・アガサの姿はなかった。マッガーリー神父に呼ばれた執事も正直、面食らったようだった。

「全く不思議なことでございます。でも、シスターをこちらにお通ししてから、私は玄関ホールにいるか、見渡せる場所にずっとおりました」

「だがシスターは今はここにはいない」マッガーリー神父は滑稽そうに言った。「ジェンキンス、居眠りしてしまったようだね」

ふとある考えが、不安な考えが過ぎり、彼は急いで書斎を点検した。新聞さえも動かされた形跡はなく、非常に貴重なヴェネツィアン・グラスも無事なのを確認して安心すると、シスター・アガサのことは忘れてベッドに向かった。

フランシス・クレイソープ氏と、ジョイス・ウィルバーフォース嬢の結婚は、その年の社交シーズンのハイライト的イベントだった。聖ガイルズ教会の広い車寄せには、着飾った信徒が集まった。普段よりも青白い顔のジョイスは、母に伴われて教会に現われ、居心地の悪そうな花婿と、嬉しさと満足感を隠そうともせずにいるクレイソープ卿に迎えられた。彼にとって今日という日は、長く計画してきた目論みが実ったことを意味していた。その朝、朝食用のテーブルで発見し、今はポケットに収められている灰色の封筒には、奇妙なことにフォー・スクエア・ジェーンの署名がされていたものの、卿は悩んだりしなかった。手紙にはこう記されていた。

ずいぶん卑怯なのね、クレイソープ卿。今日は若い女の子の幸せを犠牲にすることで、破産寸前のご自分の経済状態を大いに潤そうとしている。自分の家族の財産を増やすために、あなたを信用し、信頼を寄せていた人間の愚かな遺言条件を利用した。上手くやったつもりでしょうけど、まだ決まったわけじゃないわよ。

「ふん!」手紙を読んだクレイソープ卿は言った。「ふん!」もう一度言うと、息子のフランシスが茶碗から顔を上げ説明を求めたが、卿は説明を断固拒否した。

フランシス・クレイソープは自らすすんでジョイスを迎えると、通常の習慣に反するが、花嫁と一緒に教会の通路を歩き、祭壇の柵の前の自分の位置についた。彼がそうしているときに、マッガーリー神父が側部の扉から入り、ゆっくりと教会の中央に歩み寄った。

「フランシス、指輪は?」クレイソープ卿が息子の耳元で囁き、フランシスは満足げな笑みを浮かべながら、小さなケースをポケットから取り出した。

フランシスはケースを開くと息を呑んだ。

「空《から》だ！」近くの信者席に座る全員に届くほどの大声で彼は言った。

クレイソープ卿は悪態こそつかなかったものの、強い調子でなにか言った。きまりの悪い場面になりそうなところを救ったのは、落ち着きを失わなかったウィルバーフォース夫人だった。夫人は自分の結婚指輪をはずすと、青年に渡し、ジョイスは無関心な笑顔でそのやりとりを眺めていた。

フランシス・クレイソープがその指輪を不器用に弄んでいるとき、礼拝室の扉が開き、誰かが神父に手招きをした。マッガーリー神父は無礼に式を中断されたことに顔を軽くしかめつつ、威厳に満ちた態度で扉に歩み寄り消えていなくなった。神父はしばらく戻らず、再び姿を現すとクレイソープ卿を呼び寄せたため、集った人々に軽いけげんなざわめきが起こった。

驚いたことに、結婚するはずの両家の人々全員が礼拝室に消えていった。そこに待ち受けていたのは奇妙な状況だった。礼拝室のテーブルには、「フランシス・クレイソープ殿、およびジョイス・ウィルバーフォース嬢の結婚許可証」と記された長い封筒が置かれていた。

「大変申し訳ないのだが」マッガーリー神父が困ったような声で言い、封筒を手に取った。「どうにも不可解なことが起こったのです」

「なんです？」クレイソープ卿が鋭い声で言った。

「この結婚許可証だが」神父が言いはじめた。

「それがどうした」クレイソープ卿は嚙みつくように言った。「一昨日渡した書類ではないか。特別許可を得たんだ――別に不備などはないでしょうな？」

マッガーリー神父は返事に詰まった。

「書斎にある、私の金庫に保管しておいたのです」彼は言った。「どうも理解できない。私以外に金庫を利用できる者はいないのだ、でも――」

「でも、どうしたんです？」甲高い声でウィルバーフォース夫人が言った。「さあ、教えてください、なにがあったの？」

返事をする代わりに、マッガーリー神父は封筒から一枚の紙を取り出し、開くとなにも言わずにクレイソープ卿に渡した。

「中にはこれしか入っていなかった」神父が言い、クレイソープ卿は小声で悪態をついた。結婚許可証の代わりに入っていたのは、見慣れた四角いカードだったのだ。

「フォー・スクエア・ジェーンめ！」卿はつぶやいた。「あの女は、どうやってこれを手に入れたのだ？」

マッガーリー神父は首を振った。

「わかりません」と言いかけたが、そこでシスター・アガサのことを思い出した。シスター・アガサは突然、訊ねてきて彼の書斎で一時間近くを過ごしたのち、誰にも気づかれずに姿を消した。シスター・アガサに成りすましていたのは、フォー・スクエア・ジェーンだったのだ！

第五章

ロンドン警視庁のピーター・ドーズ主任警視は、ひどく暗い顔をしたクレイソープ卿と、シティ内にある卿のオフィスで会見した。彼は多数の会社の理事を務めており、広く様々な種類の関心を抱いていた。

ピーターは小さな紙綴りを前にテーブルに座り、ときどきメモを取っていたが、渋面になっているのは、捜査が必ずしも思い通りに進んでいないかららしかった。

「思うに」クレイソープ卿は言った。「あの卑劣な女は、わしと、うちの息子と、姪に対する悪意あってこのタイミングを狙ったのじゃろう」

「ミス・ジョイス・ウィルバーフォースは姪御さんにあたるのですか?」ピーターが訊ねると、クレイソープ卿はためらった。

「血の繋がった姪というわけではないのだが」と、最後に付け加えた。「実は、非常に親しかった友人の姪なのだ。彼は莫大な財産を抱えており、亡くなったとき、その大部分を姪に遺した」

ピーターは頷き、「クレイソープ卿、あなたとのご関係は?」と訊ねた。

「彼女の法的後見人を務めておる」卿は言った。「もちろん、母上はご存命なのだが。つまり、わしは彼女の唯一の管財人で遺言執行人であり、友人が特別に設けた一、二の規定のために、通常の管財人には与えられない権限があり――」

「例えば、彼女の夫を選ぶ権利ですね」ピーターが静かに言うと、今度はクレイソープ卿が渋面になった。

「つまり、このことは知っているのだな」彼は訊ねた。「確かにわしはその権利を有しておる。結婚相手として息子のフランシスが一番相応しいと思ったのは偶然のことで、ジョイスの方も喜んで同意した」

「なるほど！」ピーターは礼儀正しく言った。メモを確認する。「この謎めいた人物、ウィルバーフォース夫人の説では、馘にした元使用人のジェーン・ブリグロウとのことですが、彼女はあなたの財産を何度も標的にしたあげく、不敵にもご子息の結婚指輪を盗んだうえ、式を執り行う人物の住居に押し入り、ロンドン主教より付与された結婚許可書を盗むことまでやってのけたと」

「その通りじゃ」クレイソープ卿は言った。

「それで、結婚はどうなりました？」ピーターは訊ねた。「許可証は問題なく再発行されるのですよね」

クレイソープ卿は鼻を鳴らした。

「唯一の問題は」卿は言った。「ジョイスは当然ながら、極悪非道の女のために今回のような屈辱に追い込まれ、気をくじかれておるのだ。彼女のあまりの落胆ぶりに、事件の翌朝、ご母堂は娘を連れて——というか正確には娘を一人で——田舎の友人のところに送らざるを得なかった。挙式はまあ、約一か月後に延期ということになるじゃろう」

「もうひとつ伺いたいのは」ピーターは訊ねた。「容疑者として、ジェーン・ブリグロウの他に、ジェイミソン・スティールと言う、ある意味、ミス・ジョイス・ウィルバーフォースと結婚を約束した仲だった若い青年を疑っているとか？」

「逃亡中の男じゃ」卿はきっぱりと言った。「警察の連中がなぜやつを捕獲できずにいるのか、わしには理解できん。わしの署名を偽造した男を——」

「そのことは全て把握しています。その事件の記録を探させ、閣下が上階に以前の盗難に関する情報収集に行かれている間、ここの電話で詳細を確認しました。事実、この男は愚かにも逃げ出し、お言葉を借りれば逃亡中なわけですが、法廷で必ず有罪判決になるような証拠があるわけではありません。それはご存知ですね？」

卿はそのことを知らなかったため、いつものやり方——つまり警察を口汚く罵ることで苛立ちを表明した。

ピーター・ドーズはロンドン警視庁に戻ると、偽造事件の担当者の話を聞いた。

「いいえ」その担当者は言った。「スティール氏の写真は確保しておりません。しかし、私の記憶が正しければ、その青年はおとなしいタイプの土木技師で、クレイソープ卿が経営する会社の一つに雇われていました」

ピーターは考え込んだ様子で担当者を見た。彼が情報を求めた相手は、パスモア主任警部で、パスモアは上流階級の悪事だけでなく、確固たる社会的地位を装いながら活動する詐欺師に関しても生き字引的知識を備えていた。

「警部」ピーターは言った。「クレイソープ卿は、有閑階級の世界ではどのような地位の人物なのかな？」

警部は不精髭の生えた顎を撫でた。

「あの男はぶらぶらして暮らしているわけでもなく、大金持ちというわけでもないですね。実はクレイソープは比較的、貧しい男で、収入のほとんどは理事としての謝礼に頼っている。過去にはギャンブルにはまったこともあるし、先日の石油の急落でも相当なカネを失いました」

「既婚か？」ピーターが質問すると、警部は頷いた。

「相手は全くつまらない女で、会ったと言う者もいないようだが、ルインスタイン邸のパーティーには顔を出すらしい」

「ミス・ジョイス・ウィルバーフォースの財産については、知っているか？」

「二十五万ポンド」警部は即座に答えた。「単独の管財人である卿が、完全に握っている。あの女の子のおじは、卿に絶大な信頼を寄せていたようだが、私に言わせれば、財産をクレイソープに預けるなんてちょっと狂気の沙汰ですね」

ふたりの視線が合った。

「クレイソープは不正をしていると思うか？」ピーターが単刀直入に訊ねると、警部は肩をすくめた。

「そこまではわからない。ひとつはっきりしているのは、彼とフォー・スクエア・ジェーンの関係ですね」

ピーターは驚いて主任警部を見つめた。

「一体どういう意味だ?」彼は訊ねた。

「だって」警部は言った。「フォー・スクエア・ジェーンの犯した犯罪は全て、クレイソープの財産を搾り取るのが目的でしょう?」

「それについては、私も自説を立てている」ピーターはゆっくりと言った。「フォー・スクエア・ジェーンは社交界を舞台に、有名な追いはぎのクロード・デュバルを気取って、盗み、貧しいものに与えるために、金持ちを相手に泥棒を働いているのだと」

主任警部は微笑んだ。

「彼女が宝石泥棒をしてその取引で得た金を病院に寄付しているからそう思ったんですね。確かになかなかの手口だ。宝石は処分するのも大変だし、あのクレイソープが代価を払いさえすれば、回収も簡単だ。でも、彼女がまとまった金を盗み、それを病院に寄付したという話は聞かないでしょう?」

「過去に例はあったが」ピーターは言った。

「でも、盗んだ相手はクレイソープではなかった」主任警部はすぐに言った。「クレイソープと同様にいかがわしい友人連中のカネだった場合だ。私の受けた印象では、フォー・スクエア・ジェーンはずっとなにかを探している感じがする。それはカネかもしれない。少なくともカネが手に入ればそれは手放さない。それともなにか他を探しているのかもしれない」

「きみの説は？」ピーターは訊ねた。

「私の説は」警部はゆっくりと続けた。「フォー・スクエア・ジェーンとクレイソープは、過去に詐欺の共犯だったが、卿が彼女を裏切って、その復讐をしているんじゃないですか」


クレイソープ卿のオフィスはシティにあるが、彼はほとんどのビジネスをセント・ジェームズ・ストリートの、もっと手狭な事務所から取り行っていた。この事務所に唯一勤めるのは秘書のドナルド・レミントンという、苦虫を潰したような顔の五十代の無口で陰気な男で、もしかすると、クレイソープ卿が思っているよりも卿のビジネスに詳しい人物だけだった。

ピーターとの会見が終ると、クレイソープ卿はシティからウエストエンドに移動し、小さなひとつづきの部屋へと階段を上った。それは商店の入った建物の二階にあり、通用口から入る、事務所というよりは住居のような部屋だった。卿はぼんやりと放心状態だった。

無口なレミントンは、主人が入ってくると立ちあがり、クレイソープ卿は部下の座っていたその椅子に腰を下ろした。三分間まるまる、どちらも口を開かなかったが、それからレミントンが訊ねた。

「警察の目的は？」

「あのろくでなし女のことを質問することだ」卿は短く答えた。

「フォー・スクエア・ジェーンのことか。他の質問はなかったんですね？」矛盾しているようだが彼の口調は、礼儀正しいながらもなれなれしい感じだった。

クレイソープは頷いた。

「ミス・ウィルバーフォースの財産について訊かれた」卿は言った。

また沈黙があってから、レミントンが訊ねた。「挙式が済んでしまえば、ホッとすると思っているんでしょうね?」

ずいぶん意味ありげな声の調子に、クレイソープは顔を上げた。

「あたり前だ」彼は鋭い声で言った。「ところで例の手配は――」

レミントンは頷いた。

「でも、大丈夫ですかね? 債権は銀行の金庫に保管したままの方が安全なのでは? 特に今はあの女の子の動きもあることだし」

「大丈夫に決まっている」クレイソープはカッとして答えた。「言われた通りわしの指示に従うのだ、レミントン。わしのすることに疑問を挟むなど、どういうつもりだ?」

レミントンは軽く眉を上げた。

「疑問を挟むつもりはありません。単に提案しただけ――」

「なら、提案などいらん」クレイソープ卿は言った。「銀行には、債権を安全な場所に移すつもりだと連絡したな?」

「連絡済みです」レミントンは答えた。「今日の午後、箱が届くよう支配人に手配させました。運ぶのは副支配人と会計担当者です」

「よろしい！」クレイソープは言った。「明日、田舎の我が屋敷にわしが持って行く」

　レミントンはなにも言わなかった。

「愚かな行為だと思っているな？」クレイソープ卿の小さな目が意地悪く光った。「お前もフォー・スクエア・ジェーンを恐れているのだな」

「いや」レミントンは素早く言った。「式はいつになるんです？」

「一か月後だ」卿は快活に言った。「自分のボーナスのことを考えているのか」

　レミントンは乾いた唇を舐めた。

「過去二年間、根気強く待ちつづけてきた、閣下からもらう約束の四千ポンドのことを考えているんです」彼は言った。「この手の仕事にはもう疲れたし、少し気楽に休みたいと思っているんです。そろそろ年だし、生活を変える時期だ」

　クレイソープ卿は手持ちぶさたという風に、吸い取り紙になにかを書いていた。

「全部合わせるといくらになるのかな、手伝いの礼として約束したボーナスも含めると？」

「四千どころか一万ポンド近くですね」レミントンは答えた。

「ふむ！」卿は無頓着に言った。「大金だが、うちの息子が結婚した瞬間に必ず受け取れると思っていいぞ。最近はずいぶん大金を使ったのだ、レミントン。あの真珠の首飾りを取り戻すのに高くついた」

「ヴェネチアン・ブレスレットのことですか？」レミントンは素早く言った。「真珠の首飾りを取り戻したとは知らなかった」

「いや、広告を出したのだ」卿はそう言ってごまかした。

「報奨金の額は特定しなかった、と」レミントンは言った。「もちろん、それは十分な理由があってのことだ」

「どういう意味だ?」クレイソープ卿は急いで訊ねた。

「あの真珠は偽物だった」レミントンは落ちついて答えた。「五万ポンド相当と言いながら、あの真珠の価値はほんの五十ポンド程度だ!」

「シッ! まったく」クレイソープは言った。「そんな大声を出すな」卿は額を拭った。「ずいぶん詳しいのじゃな」怪訝そうに彼は言った。「実際、レミントン、お前はいろいろ知りすぎていると思うことさえあるわ」

レミントンははじめて笑顔になったが、厳しい薄笑いでその顔は不気味な表情になった。

「なるべく早く追っ払った方がいいということですよ。どうせ望みなんて、コーンウォールに小さな小屋を買って、釣りや乗馬をしてゆったり過ごすことくらいしかない男なんだ」

クレイソープ卿は急いで立ちあがると、事務所のつづきの小さな洗面所で手を洗うために、まずはコートを脱いだ。

「もうこんな時間か」卿は言った。「昼食の約束があったのを忘れていた。お前の望みは必ず叶うぞ、安心しろ、レミントン」そう言うと、洗面所に向かった。

「そう願いますよ」レミントンは言った。彼は床をジッと見つめていた。クレイソープ卿がコートを投げたときにポケットから手紙が落ち、レミトンは屈んでそれを拾った。消印と筆跡を見ると、ウィルバーフォース夫人からのものだと気が付いた。流しに水が跳ねる音と、クレイソープ卿が軽くハミングするのが聞こえた。一瞬もためらうことなく、レミントンは手紙を取り出すと目を通した。それは簡潔な手紙だった。

『親愛なるクレイソープ卿。ジョイスは結婚について頑なに、あと十二か月は応じないと言っています』

レミントンは、また手紙を封筒に戻すと、コートの内ポケットに入れた。十二か月！　クレイソープが一か月後と言ったのは嘘だったわけで、それはもちろん目的あってのことなのだ。

タオルで手を拭きつつ、軽い鼻歌《ハミング》を続けながら卿が再び姿を表したとき、レミントンは窓からジャーマイン通りに並ぶ煙突を眺めていた。

「二時半には戻る」机にある手紙の小さな山にざっと目を通しながら、クレイソープ卿は言った。「その頃には銀行の人が来ているな？」

レミントンは頷いた。

「ミス・ジョイスの債権を移動させるのは不安です。銀行に置いておけば、十分安全だ。あなたの手元に置くのは安全とは思えない」

「ばかげたことを」卿は言った。「フォー・スクエア・ジェーンにどう対抗するかは、わしはわかっている。それにわしは、あの債権を必ず安全に保管する。フォー・スクエア・ジェーンは、紙の債権を盗むような人間ではない。どうせ彼女には役立たずの紙切れだ」

「しかし、もし書類を紛失したら？」レミントンは諦めなかった。「フォー・スクエア・ジェーンの役には立たないかもしれないが、そうなったら卿とジョイスお嬢さんにとっては酷く面倒なことになる。泥棒にとっては得にはならなくとも、ジョイスお嬢さんには大きな損失だ」

「心配するな」クレイソープは言った。「フォー・スクエア・ジェーン、それに仲間のジェイミソン・スティールは――」

「ジェイミソン・スティール？」レミントンは繰り返して言った。「あの男にどんな関係が？」

クレイソープ卿は含み笑いをした。

「これはわしの説だが――そして、警察も同じ見解らしいが――フォー・スクエア・ジェーンの盗難に手を貸している仲間というのは、ジェイミソン・スティールのことなのだ」

「信じないね」とレミントンは言った。外に出ようとしていたクレイソープ卿は、扉に手を置いたところだったが、その言葉に振り返った。

「あの男が正にこの事務所で、わしの名で小切手を偽造したというのも信じていないのか？」

「全く信じませんよ」レミントンは言った。「事実、その話は嘘だと知っている」

クレイソープの顔が紅潮した。

「わしに向かって物騒なことを言うな、レミントン。早急にいなくなってもらったほうがよさそうだ」

「同感ですね」とレミントンは言い、怒って扉を叩きつけるように閉め去る主人の背後で微笑んだ。

戻ってきたときにはクレイソープ卿の機嫌もなおっており、銀行から来た二人に、にこやかに挨拶した。大きなテーブルには封印された黒い漆塗り風の箱が置かれていた。箱に収められていた、封をされた包みの受け渡しには、長くかからなかった。クレイソープ卿は自分のケースから取り出した一覧と照合し、受け取りに署名した。

「封筒の封はお切りにならないのですか？」副支配人が言った。「中身については、もちろんこちらで責任を負うものではございませんが、内容をご確認頂ければ、こちらとしても、また、卿におかれましても安心かと存じますが」

「その必要はない」そう言うとクレイソープは一度手を振った。「箱を封印しなおしたら、金庫にしまう」

副支配人の前で、卿は言葉どおり、その箱を古めかしい鋼鉄製の金庫に納め、銀行の職員二人は特に興味なさそうな顔でそれに立ち会った。

「あまり安全そうには見えませんが」片方が言った。「できれば――」

「できれば、余計な口出しはしないでくれ」クレイソープ卿は言い、銀行員たちは「ま、ありがたいことだ」と、辛らつな言葉を呟きながら帰っていった。

その日は午後六時にクレイソープ卿は仕事を終え、机の蓋を閉じ鍵をすると、金庫の錠を確認し、帽子を被った。家の正面の窓から外に軽く目をやると、待ち受けている車が目に入り、たたきつけるように雨が降っているのも見えた。

「どっちに向かう、レミントン？」卿は訊ねた。「パークレーンまでなら送るぞ」

「いえ、結構です」レインコートを着るのに苦労しながら、レミントンは言った。「地下鉄で行きます、歩きもどうせ大した距離じゃないので」

二人は一緒に事務所を出ると、頑丈な扉に厳重に戸締りをした。出発する前にレミントンが防犯警報をセットして建物の外の大きなベルに繋ぎ、扉にきちんと鍵がかかって戸締りができているか再確認した。

「明日は朝九時には出勤して欲しい」クレイソープは部下に言った。「それではお休み」

荒れ模様だった天気は、夜が深まるに連れ更に酷くなった。南西の強風が激しくロンドンの街を吹きぬけ、通りをうろうろする者もすっかりいなくなり、警察のパトロールも一部制限されるほどだった。問題の建物から数ヤードの距離を担当し、夜十一時に勤務を終えた警官は、怪しいものを見聞きすることはなかったと証言した。彼は勤務時間中に、クレイソープ卿の事務所につづく扉を確認し、鍵がされているのを確かめていた。彼と交代したのはトムズという名の男で、通りの扉全てが安全に鍵がされているかを確認し――加えてロンドン警視庁の指示に従い、扉に『印』をするのが、彼の職務だったため、十一時十五分に卿の事務所の扉も確認を行った。『印』というのは、マッチほどの大きさの二本の棒を黒い綿糸で結び、扉の両端の柱に打ちこんでおくことだった。

午前一時、彼は問題の扉をもう一度確かめ、ランプで黒の糸を照らすと、それは取れて落ちていた。つまり十一時から一時の間に、誰かがそこを通り事務所に向かったということしかありえない。彼は支援を呼ぶと、隣接した建物に住む管理人を起こし、一緒に暗い建物に入り階段を上った。

クレイソープ卿の事務所の扉は閉まっているようだった。管理人によれば、扉を開けると事務所の部屋があるという話だった。こじ開けられた形跡はなく、糸が落ちたのも荒れ狂う今夜の天気のせいと簡単に片づけ、警察も捜査を諦めようというとき、床にランプを向けると警官のひとりが下から赤いものがしみ出てきているのを目にした。血だ！

警官は躊躇なく扉を破ると、少してこずりながらも部屋に入った。というのも扉の反対側には男の死体が横たわっていたのだ。トムズは灯りのスイッチを入れると、死体の横に膝をついた。

「死んでる」彼は言った。「この男を知ってるか？」

「ああ」管理人は青ざめた顔で答えた。「レミントンさんだね」

警官は機械的に調べた。

「地区担当医を呼んできてくれないか、ジム」トムズは同僚に言った。「意味はないかもしれないが。気の毒に、この人は心臓を打ちぬかれている」

彼は部屋の中を見渡した。金庫の扉が大きく開かれており、中は空っぽだった。

三十分後、ピーター・ドーズが殺人現場に到着し、手短に捜査を行った。彼は死体を見て訊ねた。

「発見したときには、この状態だったのか？」

「そうです」警官は答えた。

「手にはナイフが握られているが」

ピーターは屈むと薄い刃の武器が、死体の手に堅く握られているのを観察した。

「あれはなんでしょう?」トムズは言うと、もう片方の手を指差した。「紙片のようだが」

半分握られたレミントンの拳にはカードが軽く握られており、ピーターはそれをそっと取除いた。それは名刺で、そこには「ジェイミソン・スティール　土木技師」とあった。ピーターは口笛を吹くと、金庫の方に部屋を横切った。

「これは面白い」そう言うと、裏になにか見つかることを期待して金庫の扉を閉じた。

彼はなにかを見つけたが、それは予想外のものだった。鋼鉄の緑の扉の真ん中には小さなカードがあった。それはフォー・スクエア・ジェーンの印《マーク》だった。

第六章

フォー・スクエア・ジェーンが殺人を犯した！　それは信じられないことだった。詳細に組みたてたピーターの仮説も、この発見を前には忘れるしかなかった。これは社交界盗賊が手をつけるような犯罪ではない。義賊が手をつけるような犯罪ではなかった。相手は最も冷血な殺人犯だという証明で、その捜査をピーターが任されているのだ。

午前三時にベッドから呼び起こされたクレイソープ卿は、非常に疲れた顔で事務所に現われた。事務所を出たときに金庫へしまった債権の話になると、完全に恐怖で震えていた。

「警告されたんだ！　警告されていたのだ！」彼は悲痛な声で言った。「気の毒なレミントンもやめたほうがいいと訴えたのに。わしは愚かだった！」

「レミントンは、なぜここにいたのですか？」ピーターが訊ねた。

殺された男の死体はずいぶん前に死体安置所へ運ばれ、床に残された濃い染みだけが悲劇を雄弁に語っていた。

「わからん」卿は言った。「こんなことになるとは信じたくなかった。レミントンには気の毒なことをした！　悲劇じゃ、これは全くの悲劇じゃ！」

「ええ、確かに」ピーターはそっけなく言った。「殺人は大抵の場合、悲劇です。しかしレミントンは、午後十一時から午前一時の間に、事務所でなにをしていたのですか?」

クレイソープ卿は首を振った。

「憶測でしかないし、これが正しいかもわからん。レミントンは気の毒に、債権を事務所に置くこと自体、非常に心配しており、管理人か守衛か誰でもいいから夜間、事務所内に見張りを置くよう強く勧めてくれた。まったく愚かなことだが、わしはこの素晴らしい提案に聞く耳をもたなかった。思うに、貧弱な金庫に貴重な債権が多数保管されているのを知るレミントンは、夜中に事務所へ戻り、自ら見張りを務めるつもりだったのじゃろう」

ピーターは頷いた。それは確かにありそうな説に思えた。

「そこで、押し入り強盗にあったというわけですね?」

「強盗は複数いたのかもしれん」クレイソープ卿は言った。「それがわしの説じゃ」

ピーターは卿の机に腰を下ろすと、吸い取り紙を指で軽く叩いた。

「その説を裏づけるものは多くありそうです。死体の外見からも、手に武器を握っていたことからも、自分の身を守ろうとしていたのでしょう。しかしこれを見て下さい」

ピーターは皺になった封筒をポケットから取り出すと、机に置いた。血に染まった封筒は、きっちりと封がされていた。

「死体の下にあったのを発見されました」ピーターは言った。「この封筒は——なにか鋭い器具で切り開かれていますよね。そしてレミントンは死体で見つかったとき、そのような器具を手にしていた」

卿はなにも言わずに考えた。

「連中が封筒を開けているところに鉢合わせ、レミントンはそれをひったくったのかもしれん」

卿がそういうと、ピーターはまた頷いた。

「確かに、それもありそうな説です」彼は言った。「レミントンは金庫の鍵を持っていたのですか？」

クレイソープ卿は答えをためらった。

「わしの知る限り、持っていなかったはずだ。だが実は持っていたわけだ！　わしは気がつかなかった。そう、レミントンは鍵を持っていたんじゃな」

「これがその鍵ですか？」ピーター・ドーズはポケットから長い鋼鉄製の鍵を取り出すと卿に渡し、クレイソープ卿はそれをじっくりと調べた。

「そうじゃ」卿は言った。「これは間違いなく、金庫の鍵のひとつだ。どこで見つけた？」

「机の下です」ピーターは言った。

「他に手がかりとなるものは？」一瞬の間があってから卿が訊ね、今度はピーターはすぐには答えなかった。

「ひとつあります。死体の手に、小さな名刺を見つけました」

「誰のものだ？」卿は急いで訊ねた。

「ジェイミソン・スティールという名は、元従業員の男のものですね」

「スティールだと！　なんということだ！　前からわしが言っていた通りだったわけか！」クレイソープは大声で言った。「スティールも一枚嚙んでいたわけか！」

「このカードがレミントンの手に握られていたからといって、強盗のものとは限りません」ピーターは静かに言った。「殺人犯が被害者のもとに名刺を残すのが、犯罪者の間でしきたりになっていないことは、卿もご存知と思います」

クレイソープ卿はピーターに鋭い視線を投げた。

「わしに皮肉を言っている場合ではなかろう」卿はうなるように言った。「スティールがならず者で、悪名高きこの女の企てに手を貸すような男だということを、わしは知っておる。もちろん、刑事さんがあの男を擁護するつもりなら――」

「誰も擁護はしません」ピーターは冷静に言った。「僅かでも証拠があるなら、例え閣下といえども擁護はしません。それは確約できます」

クレイソープ卿はたじろいだ。

「今回は大損失でしたね」金庫の中身について無知なピーターは言った。そして卿が答えないのに気が付き、急いで訊ねた。「金庫の完全な内容を、もちろん教えて下さいますね。今そうされるのが一番でしょう。現金が入っていたのですか?」

クレイソープ卿は首を振った。「保管していたのは債権だけだ。それから換金性の低いものが入っていた」

「ご自身所有の債権ですか?」ピーターは訊ねた。「価値はどれほどです?」

「約二十五万ポンド」卿が言うと、ピーターは息を呑んだ。

「ご自身のものですか?」ピーターは重ねて質問した。

「いや」クレイソープ卿は躊躇した。「わしの金ではなく、信託財産というべきか——」

ピーターは机から急に立ち上がった。

「まさか、今朝の話に出たジョイス・ウィルバーフォース嬢の財産だったというのですか?」

卿は頷いた。

「そうじゃ」卿は短く言った。「まったくの悲劇だし、可哀想なあの娘になんと説明したらよいのやら」

「もちろん、債権の内容はご存知ですね?」ピーターは再度腰を下ろしながら、そっけない事務的な声で言った。

このときの彼は、ありふれた店の押し入り事件の捜査をしているかのごとく、特になんら感情は示さなかった。

「一覧がある」クレイソープは言い、それから一時間近く、盗まれた個々の保証書の詳細を説明しつづけた。

ピーターは午前四時に質問を終え自分のオフィスに向かうと、イギリス全土宛に通達を出した。

今回のこの事件はジェーンの犯行らしくない。被害者のレミントンの手に、証拠となる名刺を残していくなど、ジェーンや——そのような人物が存在するとすればの話だが——彼女の仲間の手口とはまるであてはまらなかった。

ピーター・ドーズは、犯罪者の行動は習慣的なものから無意識のものまで詳しかった。警察の任務の不快な面も多く目にしてきたし、人体の構造について、特に殺害された人々の肉体についてはは注意深く研究を重ねていた。軽く握られた死体の拳にあったあの名刺は撃たれた後に置かれたと、彼の頭の中では確信があった。

警視総監には率直に自分の意見を述べた。「あの名刺は、警察の捜査をかく乱するために意図的に置かれたものと思われます。もしフォー・スクエア・ジェーンが犯人なら、嫌疑を自分から逸らし、不運なスティールに向ける目的なのでしょう」

「スティールを捕まえられると思うか?」警視総監は訊ねた。

ピーターは頷いた。

「ええ、こちらが望む時期に捕まえられると思います」彼は答えた。「警察に彼を捕獲する意志がなかったからこそ、これほど長期に渡り放っておかれていたのです。彼に不利になるような証拠は殆どなかったわけですから、逃走したのは愚かでした」

翌朝、ピーターは方々へ電話をかけ、まず最初にクイーン・ビクトリア大通りの金庫屋へ連絡した。運のよいことに、その店の販売主任は勤続二十年の男で、彼はクレイソープ卿に売った金庫のことをはっきりと覚えていた。

「それはよかった」ピーターは微笑んだ。「販売者を探して、ロンドン中を巡る覚悟だったんです。付属の鍵はいくつありましたか?」

「二つでしたね」男は言った。「クレイソープ卿用に一つ、それからレミントンさんのためにもう一つ」

「その二つにはなにか違いはありましたか？」

「目印を除けば、全く同じです。片方の鍵を今お持ちで？」

ピーターはポケットから取り出したが、販売員が手をのばすと、彼は微笑んで首を振った。

「いや、すまんが私が預かったままにしよう。特別に理由があってのことだ。どのような目印だったか説明してくれないか」

「握り部分の輪の内側」販売員は説明した。「そこに小さな数字が彫りこんであります。——一番と二番。一番の方はクレイソープ卿用で、二番がレミントンさん用でした。数字は、混乱を避けるためというクレイソープ卿の提案で、そこに彫られたんです。同時に使用することもときにはあるし、当然、取り違えたくはないですからね」

ピーターは輪の内側を見、番号を確認すると、軽く微笑みながら鍵をポケットに戻した。

「ありがとう。知りたかったことはこれで全部だ。三つ目の鍵がないのは確かですね？」

「ええ、それはもう」男はきっぱりと言った。「それに、うちの店以外で予備を作るのは不可能です」

ピーターがロンドン警視庁に戻ると、電報が待ちうけていた。ファルマスの地元警察署長からで、それにはこう書かれていた。

ジェイミソン・スティールが当地に。逮捕するか？　昨晩ファルマスで妻とともに過ごした動かぬ証拠あり。

「妻？」ピーターはけげんな声で言った。「スティールが既婚とは知らなかった。しかし、これで少なくとも殺人の容疑は晴れたわけだ。問題は偽造の件で捕まえるかだな」

ピーターは友人の警部に意見を求めたが、偽造での逮捕については、はっきりとした口調でこう助言された。

「やつのことは放っておくんですね」賢明な警部は言った。「確実に有罪にできないなら、逮捕しても無駄だし、ジェイミソン・スティールの罪で確実なものといったら、主張を曲げずにいるべきときに、愚かにも逃げ出したことだけでしょう。事件の直後に銀行の支店長を尋問したが、署名は偽造ではなく、クレイソープ卿自筆のものだと彼は誓った。陪審を前にそんな証言をされれば有罪判決はないですよ、警視！」

ピーターはその点について熟考し、結局スティールに電報を打ち、こちらに会いに来るよう求めた。

新聞はフォー・スクエア・ジェーンの最新の事件の話題で賑わっていた。次々と起るセンセーショナルな犯罪も、これで最高潮に達した。彼女の特徴、その奇抜な行動、これまでの数々の事件の記録を、どの新聞も記事にした。犯罪が行われた推定時刻十五分後に、セント・ジェームズ・ストリートを急ぎ足で抜ける、謎めいた女を目撃したと証言する者は何名もいた。その通りを下った端で、ベール姿の女が車に乗るのを確かに目にした、と主張する者もいた。実際、よくある噂や証拠と称するものは活発に交わされたが、少しでも警察の役に立つような証言は一件もなかった。

その日の午後、ピーターはクレイソープ卿を訪問した。到着したとき、卿はルインスタインと詰めて協議中だった。親切なユダヤ人投資家のルインスタインは、ときおり目論見書を楽天的に作成することはあるが、紛れもなく誠実な人間だった。そして、仕事仲間の卿が信頼に値する人物なのか、今回はじめて疑問が過ぎったルインスタインは真剣な顔つきだった。二人はピーターに挨拶した。卿には警戒と少々心配が入り混じり、ルインスタインは明らかに安堵顔だった。

「それで」クレイソープは訊ねた。「なにか発見はあったのか?」

「いくつかあります」ピーターは言った。「あるところまで犯罪を再構築できましたし、殺人事件当時、スティール氏はファルマスにいたことが証明されました」

クレイソープ卿の黄みがかった顔の表情が僅かに変化した。

「あの男の居場所も知らんのに、どう証明する?」

「居場所はわかっています」ピーターは満足げに言った。

「そして当然、やつを逮捕したんじゃろうな?」と、卿は迫った。「つまり偽造の件でということだが」

ピーターは微笑んだ。

「しかしクレイソープ卿、あの小切手はあなたが署名の上、彼に渡したものだというスティール氏の主張を支持する圧倒的証拠があるにもかかわらず、警察がジェイミソン・スティールを逮捕すると本気で思っているのですか?」

「嘘じゃ!」クレイソープ卿はわめき、拳をテーブルに振り下ろした。

「確かに嘘かもしれない」ピーター・ドーズは落ち着いて言った。「しかし、陪審はこの嘘を信じるでしょうし、そのような訴訟の結果は、閣下にとっても有益とは思えません」

クレイソープはなにも言わなかった。顔を上げ、ちょうどルインスタインと目が合うと、ルインスタインは頷いた。

「同感ですね」ルインスタインは真剣な声で言った。「スティール君に対する申し立てを裏づけるものはあまりないと、私はずっと思っていた。彼はいい若者だった。なぜ彼が慌てて逃げ出したのか理解できませんよ」

クレイソープは自分にとって全く不愉快なことから話題を逸らした。

「他になにか発見はあったか?」

「後はこれだけです」ピーターはそう言うとポケットから鍵を取り出し、クレイソープ卿の前に置いた。「申し訳ありませんが、閣下の鍵を見せて頂けますか?」

クレイソープは、ピーターを丸々一分間見つめた。

「もちろんじゃ」卿は言った。部屋から消えると、多数の鍵を手に戻ってきたが、その端にはテーブルに置かれた問題の鍵の合い鍵があった。

ピーターはそれを手に取ると調べた。輪の内側に目をやるピーターに、クレイソープの唇から思わず叫びがもれた。

「歯痛でな」卿は口籠りながら言い訳をした。「それで、なにを見つけた？」

「少々混乱があったようですね」ピーターは言った。「閣下はレミントンのものをお持ちで、殺人事件後に事務所で見つかった鍵は閣下のものだったわけだ！」

「ありえん！」クレイソープ卿は言った。

「ありえないことが、実際に起ったのです」ピーターは言った。

「これには訳があるのじゃ」クレイソープが言いかけたが、ピーターはその言葉を止めた。

「もちろんそうでしょう」彼は言った。「これには百種類もの説明があり、そのどれも納得のいくようなものでしょう。あるときテーブルに同時に鍵を置いたため、いつのまにか入れ替わってしまい、それに気づかずにいたとか。私はありえないと言いたいのではありません。事実を指摘しただけで、これは現時点では事件のいかなる状況にも全く影響しないか、あったとしても些細なものです」

　ルインスタインとピーターは同時に屋敷から暇した。一人になったクレイソープ卿は、書斎を落ちつきなく行ったり来りした。それから机の前に座るとなにか書きはじめた。キャンバス製の大ぶりの袋二枚を机の引き出しから取り出すと、片方に四角い債権を差しこんだ。封筒へ入れる前に、卿は一通り目を通してみた。それは北米製錬会社発行の五十万ドルに上る債権で、高価で重要なこの書類を自宅に置きたくないのには特別な理由があった。封筒を入れた袋には、ロンドンの自宅住所を記した。それに青の鉛筆で斜線を引くと、引き出しから未使用の切手が何枚も入った小箱を取り出した。切手はイギリスのものではなく、オーストラリアからアフリカ、インド、イギリス領中国などの植民地の切手だった。卿はオーストラリアの切手を二枚貼ると、それを更に少し大きい別の封筒の中に収めた。これを以前、何度か取引のあったタスマニア銀行の支配人に宛てた。支配人への手紙には、これが届く頃には卿自ら、オーストラリアに到着しているはずだと記した。

「しかし」手紙にはこう続けた。

『万が一、オーストラリアに来られなかった場合、そして到着後、一週間してもこの包みについて連絡がない場合、または電報にて保管の依頼がない場合は、書留めにて返送をお願い申し上げる』

これで上手くいく、と思いながら封筒に封をした。これで証拠となるこの書類は、少なくとも三か月は英国外にあることになる。書留めで送るか？　迷いながら顎を掻いた。書留めとなると実際、記名などが必要になる。重要な郵便を発送したか調べが入ったら、その場合、発送者が卿だったことのみならず、宛先まで発見するのは容易だ。いや、総合的に考えると普通便で送るのがよさそうだ。卿は帽子を被りとコートを着ると、一番近所の郵便局に自ら持っていった。帰宅すると、客があると執事が告げた。

「ミス・ウィルバーフォースだと！」驚いて卿は言った。「田舎に行ったのではなかったのか」

「外出された数分後にいらしたのでございます」

「それは良かった！」クレイソープは言った。まさかジョイスが現われるとは想像していなかったが、卿は安堵のため息をついた。もっと早い時間に彼女が到着していたら、困ったことになっていただろうし、それにしても、今夜彼女が来るとはあまりにも偶然が重なるものだ。

クレイソープ卿は机の側に立つジョイスに歩み寄りながら、手を差し出した。

「これはこれは、ジョイス。またなぜここに？」

「電報で盗難事件を知ったんです」ジョイスは言った。それで卿ははじめて、盗難で本当に影響される唯一の人物に連絡さえせずにいたのに気がついた。

「電報は誰が？」

「警察です」

それでも不可解だった。

「しかし、電報を受け取ったのは十一時以降のはずだ」卿は言った。「どうやってロンドンまで来たんだ？」

ジョイスは落ちついた笑みを浮かべた。

「実は、ちょっと冒険をしたんです」彼女は答えた。「ファルマスとロンドン間の飛行機便に乗ってきました」

卿はジョイスを見つめるしかなかった。

「それはまた大胆なことをしたな」

「もしかして」彼女は言った。「こちらからも電報を送って下さいました？」

「完全な情報が揃うまで、知らせるのは待っているところじゃった」クレイソープ卿はスラスラと答えた。「つまりだな、心配したりおびえたりさせたくなかったのじゃ。あのとんでもない女泥棒が債権を返還するか、買い戻す取り引きを持ちかけてくる可能性もあるからな」

ジョイスは頷いた。

「そうなのね」彼女は言った。「では、私にできることはなにもないのですね？」

卿は首を振った。

「なにもない」

ジョイスは心を決めかねるかのように、口を結んだ。

「手紙を書いてもいいですか？」彼女は訊ねた。

「まあまあ、座りなさい」卿はそわそわと言った。「この箱に便箋と封筒が入っておる」


その夜の十一時に、南西地区第二郵便局では活気に満ちた光景が展開していた。局の小型車、小型馬車と自動車が、仕分け部屋につづく踊り場に水平に乗りつけ、十名以上の局員が様々な場所へと向かう郵便袋を捌いていた。ロンドンの地元郵便を運ぶ便はそれぞれの地区郵便局へと出発し、最終便は郵政本局行きの、国外郵便を乗せた一頭引きの小型馬車だった。綱を取るのはカーターという名の中年の局員で、十一時四十五分に局を出た。

天気は昨晩と同じだった。南西の風が未だに吹きつづけ、激しい雨が突風で叩きつけられ、運転手は顎まで届くほど着込んで、馬に鞭をくれて強風に立ち向かった。カーターはまるで人気《ひとけ》のないロンドンのウエストエンドを通った。今夜は嵐でいつもにも増して閑散としていた。経路の途中の大通りが、道路の補修工事のため『通行止め』になっており、通行不可な区間を避けるのに彼は脇道の一本を使い迂回した。大通りと平行した狭い抜け道に馬を向けながら、彼は街灯が消えているのに気がついたが、嵐で吹き消されたのだろうと考えた。通りの最も暗い部分に差し掛かったとき、前方で赤い灯が煌めいたため、馬に停止の合図を送った。

「どうなさった？」カーターは身を乗り出し、灯を手にした人物に声をかけた。

返事の代わりに、強力なポケットランプの目のくらむような光を顔に直接向けられ、なにか起こったのか理解する前に、誰かが彼の隣に飛び乗り馬車の屋根についている横棒をつかんだ。カーターの首には、冷たく硬いなにかが押しつけられている。

「一度でも声をあげたら殺す」と、男の声が言った。

十五分後、ロンドン警察は、背の低い黒っぽい自動車という手がかりしか摑めておらず、寝間着姿でベッドの端に座るピーター・ドーズは、電話越しに部下に熱心に質問を浴びせた。

「郵便局の馬車を襲った？　信じられない！　どういう手口を使った？　逮捕したのか？　十分でそちらに行く」

ピーターは急いでスーツに着替え、レインコートのボタンをはめると、荒れ模様の夜に踏み出した。フラットの向かいにはタクシーの待合所があり、十分もしない内にロンドン警視庁に到着した。

「……被害者の話では、あっという間のことで叫ぶ暇もなかったと言います。また、隣に立っていた男から射殺すると脅されたと言っていました」

「やつらはなにを盗んだんだ？」

「現在、確認さているのは袋一つのみです。彼らには、はっきりとした狙いがあり、それが手に入ると姿を消しました。通りの向こうの端にいた警官が被害者が叫ぶのを耳にし駆けつけたとき、自動車が角を曲がるのを目撃しました」

後にピーターは、酷く怯えた運転手を、郵便局の小型馬車用の馬調達業者の馬小屋のある中庭で尋問した。彼は勤続十年になる男で、そのキャリアのほとんどは事件の夜のルートを担当してきたが、道路の状態のせいで脇道に入らざるを得なかったのは事件の晩がはじめてだった。

「隣に座って脅した男以外、別の人間を目撃しましたか？」ピーターは訊ねた。

「はい、旦那」運転手は答えた。「黒いレインコートを着た、女の子らしき人影を見たんです。彼女は馬車の後側に消えて行きました」

「馬車はどこにありますか？　ここにあるんですか？」ピーターが訊ねると、屋根つきの、扉二つがどちらも鋼鉄製の柵と南京錠で守られた四輪の小型馬車を見せられた。南京錠はこじ開けられ、扉は開いたままになっていた。

「どれが盗まれたのか確かめるために、郵便袋は持っていかれました、旦那」

ピーターは内部をランプで照らし、床と壁を慎重に調べた。なにも見つからなかったが、扉の内側に目をやると、正にその中心に見なれたカードがあった。

「フォー・スクエア・ジェーン、か」ピーターはそう言うと、口笛を吹いた。

第七章

イギリス郵便を妨害するはめになったのは、大変残念に思います。とある袋に、私を危険に晒す一通の手紙が収められており、その回収が不可欠だったのです。残りの郵便物は、ご覧の通り未開封のままお返しします。

フォー・スクエア・ジェーンの印《マーク》が手書きで記されたその手紙は、大きな郵便袋と一緒に中央郵便局に届けられた。運び手は地区配達の幼い少年で、タクシーでその荷物を持ってきた。少年を送りこんだ人物については、分厚いベールを被った女の人に有名なホテルに呼び出され、玄関ロビーで会った、という以外の情報は得られなかった。二人は一緒にタクシーに乗り、クラージズ通りの角でその女の指示により車を止めると、包みを手にした男が現れそれをタクシーに乗せ、また車を発車させた。それからしばらくして、その女はタクシーを停車させ、少年に一ポンド紙幣を握らせると、自身は車を降りた。若い人で絶対、喪に服していたと思う、ということしか少年からは聞き出せなかった。

レミントン殺人事件で引き起こされた興奮の火に、これでまた新たな燃料が投下された。ある日は殺人に加え、噂話が本当なら二十五万ポンド近くが盗難されたというのに、翌日には続いてイギリス郵便が強奪にあうという悲劇にみまわれるとは。しかも、既に有名人となった謎めいたあの女が、それを全て仕組んだのだ。以前の事件に加え、これらの出来事のお陰で、ロンドンに限らずイギリス全土に話題を提供することとなった。

クレイソープ卿は強盗の知らせに不安を覚えた。しかし、地区担当局に問い合わせると、その心配も解消された。先方の話では、盗まれた郵便袋はインド行きの一部だったという。オーストラリア便は、地区郵便局を午後九時に出た便で、昨晩中に中央郵便局に届けられていた。それが誤報だということを卿が知らなかったのは、心の平穏のためにはむしろ幸いだったのかもしれない。卿はジョイスを朝食に招待し、彼女を待たせたまま、その問い合わせを行った。つまりベッドの中で強盗事件を新聞で知り、すぐに地区担当局に直行したのだった。

「これまでで一番驚きの事件だ」卿は新聞をジョイスに渡しながら言った。「これを、わしはもう読んだから」

「ジェーン・ブリグロウも可哀想に！」

「なぜ、ジェーン・ブリグロウが？」

少女は微笑んだ。

「母は、一連の事件を起こしたのはジェーンだと言い張るんです。本当はジェーンは北部地方で良家に勤めているのを、実は私は知っているんですけど」

クレイソープは驚いて少女を見つめた。

「そうなのか？」信じられないという風に彼は言った。「あの女について、わしには持論があってな」

「興味ありません」ジャムを塗りながらジョイスは言った。

「袋は取り戻せるのかな」卿は考えながら言った。「新聞には一言も書かれていないが」

「可能性は低いだろうと思いますわ」そう言って、ジョイスはナプキンを丸める。「今朝はなにか話がおありなのよね」

卿は頷いて言った。

「そうじゃ、ジョイス。いろいろ考え直してみた。スティール君に対し、わしは少々偏見を持っていたようだ」少女は返事をしなかった。「彼に対するわしの嫌疑も、本当に彼に罪があったのか、今となっては確信が持てずにおる」クレイソープはつづけた。「あの頃わしは非常に心配しておったのだ。もしかしたら、あの小切手に自分で署名したのに、それをうっかりしてしまった可能性もありうる。お前はスティールに好意をもっていたんだな？」

ジョイスは頷いた。

「うむ」クレイソープ卿は心を込めて言った。「わしはお前たち二人の邪魔はせんことに決めた」

ジョイスは彼を真っ直ぐ見つめた。

「結婚の許可を頂けるということですか？」

卿は頷いた。

「もちろんじゃとも」

「もちろん、ですよね」彼女は少々皮肉を込めて言った。「今ではご希望通りの相手と結婚するか否かで、私の相続権が左右されることもないのよね。私の財産は消えてしまったんですから」

「全く嘆かわしいことだ」卿は厳粛な声で言った。「本当にわしも責任を感じておる。最悪の悲劇じゃが、わしにできることがあれば、なんでもするぞ、ジョイス。わしは裕福とは言い難い身分だが、もしお前がうちの息子ではなく、今でもスティール君と結婚したいというのなら、結婚祝いとして二万ポンドを贈ると決めた」

「ご親切なのね」彼女は礼儀正しい口調で言った。「でも、もちろん口頭での許可は受け取れません。証書を頂けますか？」

「それはもう、喜んでするとも」クレイソープ卿は言うと、立ちあがり書き物用のテーブルに向かう。「しかしジョイス、いつのまにか抜け目ない大人に成長したんじゃな」彼は笑った。

彼は書き物箱から紙を一枚引っ張ると、ペンを構えた。

「今日は何日だったかな？」彼は訊ねた。

「十九日です」彼女は言った。「でも日付は一日として下さい」

「なぜじゃ？」驚いて彼は訊ねた。

「それはいろいろ事情があって」少女はゆっくりと言った。「例えば、私が財産を失ったあとに、スティール氏へのご見解を変えられたと、世間の人に思われたくないですから」

クレイソープ卿は鋭い視線をジョイスに向けたが、彼女は顔の筋肉ひとつ動かさなかった。

「お前はよく気が利くな」卿は肩をすくめて言った。「それに日付は一日だろうと二十一日だろうと、関係ないじゃろう？」

彼はさっと筆を走らせると、染みにならないよう吸い取り紙を使ってからジョイスに手渡し、彼女は目を通すと、それを折り畳みバッグにしまった。

「許可書の日付を前倒しにしてほしかったのは、本当にそんな理由じゃったのか？」卿は興味を惹かれて訊ねた。

ジョイスは首を振った。

「いいえ」彼女は冷静に言った。「ジェイミソンとは先週、結婚したんです」

「結婚したじゃと！」彼はあえぐように言った。「わしの許可無しに！」

「許可は頂きました」少女は小ぶりの自分のバッグを軽く叩きながら言った。

一瞬、顔をしかめてからクレイソープ卿は大声で笑い出した。

「これはこれは」彼は言った。「やってくれるな。なんとも悪い娘じゃな、ジョイス。母上は知っているのか？」

「母はこのことについては、なにも知りません」少女は言った。「もうひとつお話ししたいことがあるんです、クレイソープ卿。昨晩の郵便強盗に関連したことなんですけど」

ちょうどそのとき、ピーター・ドーズの到着が知らされた。

「刑事さんか」クレイソープ卿は少々眉をひそめて言った。「彼には会いたくないじゃろうな？」

「そんなことはありません。上がっていただいて。私の話には刑事さんも興味があると思うわ」

と、彼女は言った。

クレイソープが執事に頷くと、数秒後にはピーターが部屋に入ってきた。彼はジョイスに会釈をしてから、クレイソープ卿と握手をした。

「こちらはうちの姪というか、血の繋がった姪ではないのじゃが」クレイソープは微笑んだ。「非常に親しくしていた友人の姪で、セント・ジェームズ・ストリート強盗事件の悲劇で、一番の損をした人物じゃ」

「そうでしたか」ピーターは微笑んで言った。「確か以前、お見かけしたことが」

「ちょうど彼女が興味深い話をしてくれるというところじゃった」クレイソープは言った。「さてジョイス、その話とやらをドーズさんにしてくれんか？」

「今朝、これを受け取ったとお知らせしたかっただけです」ジョイスはバッグではなく、ブラウスの内側から、折り畳んだ紙を取り出した。それを開きテーブルに置くと、クレイソープ卿の顔から血の気が引いた。というのも、それは昨日、彼がオーストラリアへ発送した五十万ドルの債権だったのだ。

「私の記憶では」ジョイスは言った。「確かこれは私の財産の一部だったと思うんです。預かっていただいていた債権の一覧を、私にも下さったのは覚えてますよね？」

クレイソープ卿は乾いた唇を舐めた。

「うむ」かすれ声で彼は言った。「これはお前の遺産の一部だ」

「どうやって送られて来たんです？」ピーターが訊ねた。

「今朝、うちの郵便受けにあったんです」ジョイスは言った。

「手紙が同封されていましたか?」

「いえ、これだけです」ジョイスは言った。「なぜか郵便強盗のことを思い出して、卿がこの債権を郵便に預けられたのかと思って。お書きになった手紙にも、これは私のものだという言及がありましたし」

「またありえないことが」ピーター・ドーズは静かに言った。「おっしゃることが正しいとしたら、この文書はレミントンが殺害された晩に盗まれたものの一部ということになる。そうですよね、クレイソープ卿?」

クレイソープ卿は頷いた。

「なんとも幸運じゃったな、ジョイス」かすれ声で卿は言った。「どのような経緯でお前の手元にこれが届いたのか、まるで見当もつかないが。レミントンを殺した強盗が、これはお前のものだと知り、返還したのかもしれん」

ジョイスは頷いた。

「強盗とはフォー・スクエア・ジェーンのことですよね?」そう言うと、ピーターは、注意深く卿を見つめた。

「もちろんじゃ、他に誰がいる?」クレイソープは、ピーターの目を真直ぐ見て言った。「金庫の中に例のカードがあったのだ、犯人は確実にあの女じゃ」

「それは本当です」ピーターは賛成した。「しかし一点、例外的なことがあったのが見過ごされていた」

「なんだね?」

「使用済みだったんですよ」ピーターはゆっくりと言った。「札《カード》は古いもので以前、なにか、またはどこかに接着されたものだった。外したときに、古い接着剤の跡がありましたから。実際、札《カード》のゴム糊は、数箇所を除いて粘着力を失っていた」

ジョイスとクレイソープ卿は、お互いの顔から目を離そうとしなかった。

「それは面白い」クレイソープ卿はゆっくりと言った。「それはつまり、どういう意味だと?」

ピーターは肩をすくめた。

「なんとも言えませんが、フォー・スクエア・ジェーンの名を勝手に使っている者がいる可能性はありますね」彼は言った。「過去の彼女の犯罪から、使用済みの札《カード》を手に入れることのできる立場にあった誰かが。座ってもよろしいですか?」ここまで椅子を勧められなかった彼は訊ねた。

クレイソープが素っ気なく頷くと、ピーターはテーブルから椅子を引き腰を下ろした。

「あの事件を再構築してきましたが、理解できないことが一、二点あります。第一に、殺人の行われたあの晩、閣下の事務所には女はいなかったのには自信があります」

クレイソープ卿は両眉を上げげた。

「なんだと!」卿は言った「しかしあの部屋に一番に駆けつけた警官は、強烈な匂いがしたとわしに断言したぞ。女が使うような匂いだったと。部屋に入ったとき、わしもそれには気がついた」

「私も気がつきました」ピーターは言った。「そこでフォー・スクエア・ジェーンは、この事件には関与していないと、決定的に思ったのです。彼女のように冷静で抜け目のない人は、平均以上の知性を備え、日常の習慣にも気をつけているはずだ。急に強烈な香水をつけはじめるような人ではないです。香りから犯人が女だと気づかれる可能性もあるし、彼女が関わった過去の事件では、ほんの僅かにも香水の香りが残っていたことはありませんでした。そのことからも犯人は男で、フォー・スクエア・ジェーンの関わりを演出したくて香りを床に撒いたと、私は確信します」

「なにが起ったと思うのじゃ?」クレイソープ卿は、一瞬沈黙してから訊ねた。

「レミントンは、金庫の中身を確かめるために事務所に向かったのだろうと思います」ピーターは慎重に言った。「全ての封筒をテーブルに広げ、いくつかを開封したところに、誰かが突然事務所に入ってきたのでしょう。口論となり、やがてレミントンは射殺された」

「侵入して来たのは強盗だったという意味か?」クレイソープ卿が強ばった表情で言うと、ピーターは首を振った。

「いいえ」ピーターは言った。「その男は鍵を使って、事務所に入ったのです。扉がこじ開けられた形跡はなかったし、合い鍵が使われた様子もなかった。それに後から入った人物は、この事務所によく通じていたはずです。殺人が行われた後、彼は灯りを消し、レミントンが灯りで通りから注目を引かないよう既に下ろしていたブラインドを上げた。通りの向うの巡回担当だった警官が、灯りを見なかったことから、ブラインドが下がっていたのはわかっています。このブラインドはしっかりとした作りで、光をほぼ漏らさないものだった。殺人を犯した男は灯りを消し、暗闇の中で動き回れるほど事務所の間取りを熟知していたし、窓を覆う三つのブラインドの使い方も知っていた。私自身、このブラインドを試してみましたが、なかなか込み入った仕組みのものだというのがわかりました」

　また沈黙が訪れた。

「それはずいぶん馬鹿げた説だと、わしは思うがな」クレイソープ卿は言った。「ロンドン警視庁なら、もっと分別のある常識的な見方をするものと思っていたが」

「そうかもしれません」ピーターは落ちついて言った。「しかし、ロンドン警視庁でも、現実離れした仮説を出すこともあります」

　彼はテーブルに広げたままになっている債権を見下ろした。

「不運な体験の後ですし、これは銀行にお預けになるんでしょうね？」ピーターが訊ねる。

「うむ、そうじゃな」クレイソープ卿は簡単に言い、ピーターはジョイスの方に振りかえった。

「財産の一部を取り戻されてよかったですね。ご結婚されるまで、こちらは信託として預けられていると聞きました」

　クレイソープ卿は激しい驚きの反応を示した。

「結婚するまでだと！」卿は言った。「なんと！」微笑むジョイスと目が合った。「つまり今、ということになるのか？　わしが許可する相手と結婚したときだな」

「ご許可は既に頂いたと思いますけど」ジョイスは言うと、バッグに手を差し込んだ。

「正式な引渡しは明日行う」卿は断固として言った。

ピーターとジョイスは、屋敷を一緒に出ると、少しの間、なにも言わずに足を進めた。

「なにを考えていらっしゃるのか、ぜひお聞きしたいところだけど」彼女は言った。

「そしてこちらは、あなたがご存知のことを、ぜひ聞きたいところですね」ピーターは微笑み、そんな謎めいた言葉を交わした後、二人は別れた。

その晩、リッツ・カールトン・ホテルでは、ルインスタイン氏主催の大晩餐会が行われる予定だった。ジョイスは数か月前に招待されていたが、滞在先のホテルに戻るまで、それを受けるつもりは全くなかった。

彼女が玄関ロビーに入ると、ハンサムな男性が立ちあがり笑顔でジョイスに近づいた。彼は彼女の腕を取り、二人は長い廊下を通りゆっくりとエレベーターに向かった。

「ははあ、あれがジェイミソン・スティール氏なのか」彼女をホテルまでつけたピーターはそう言うと、二人が消えた方向をずいぶん考え込んだ様子で見つめた。

ピーターはホテルを離れると、約束通り、ルインスタインに会いに行き、大投資家の氏は太い葉巻を勧めて彼を迎えた。「フォー・スクエア・ジェーン事件をご担当だと耳にしましたよ、ドーズさん」ルインスタインは言った。「それで、今夜の晩餐会にあなたもご招待するのが良さそうだと思いましてね」

「仕事関係の集まりですか、それともご友人を招待しているのですか？」ピーターは微笑んだ。

「両方ですね」ルインスタインはあっさりと言った。「正直に言いましょう。実はこの仕事をしていると、ロンドン最高の人々と繋がりをもつ必要があるんです。定期的に晩餐会を主催しては、機知と美と頭脳を一か所に集める。通常はこの手の集まりは自宅でするんだが、なかなか手痛い経験をした後ですからね」と、彼が険しい声で言うと、フォー・スクエア・ジェーンによる強盗事件の事情を知るピーターは同情して頷いた。

「さて、ミス・フォー・スクエア・ジェーンについて、少々話があります」ルインスタインは言った。「扉が閉まっているか、見てもらえますか?」

ピーターは外を確認すると、ドアを慎重に閉めた。

「これから言うことは、一部の人々には口外してほしくないのです」ルインスタインは言葉をつづけた。「しかし、あの盗難事件にはいくつかのありえないような偶然が重なった。ほとんどの場合、フォー・スクエア・ジェーンは、クレイソープからのプレゼントのみを盗んでいるのは知っていましたか? クレイソープはなかなか派手なおやじで、贅沢に暮らしてきた。何年もの間、金を湯水のように使ってきたんです。もちろん大きな収入があるのかもしれないし、ないのかもしれない。シティでの収入についてしか、こちらは知りませんから。うちが泥棒に入られた夜、あの女の子は全部の部屋を周って、多くの場合は各自がクレイソープから貰った品を盗っていったんです。例えば、彼がうちの妻にプレゼントしたものが消えた。彼が私にくれたシャツの飾りボタンも無くなった。ちょっと変だと思いませんか?」

「こちらの推理と一致しますね」ピーターは頷きながら言った。「フォー・スクエア・ジェーンが敵とするのは、この世にたったひとりだけで、それがクレイソープ卿というわけだ」

「同感ですね」ルインスタインは言った。「先ほど言った通り、今夜主催する大晩餐会には女性客も大勢来るが、前回のこともあり女性陣はうちの集まりを怖がっています。大量の宝石もだが、特に気になるのが、クレイソープがローラ・レーンを招待するよう言ってさかなかったことだ」

「踊り手の？」驚いてピーターが言うと、ルインスタインは頷いた。

「クレイソープがひどく親しくしているんだが、知りませんでしたか？　彼はローラの前回の舞台に金を出したし、ずばり言ってしまえば、あのおやじは彼女に夢中なわけだ」

ルインスタインはじっと考えるように、太い葉巻を吸った。

「上品ぶるつもりはないんだが、わかりますよね、ドーズさん。他の男が気晴らしになにをしようと、こちらには関係ないことだ。クレイソープは重要人物なんで、その要求をはねつけるなんてできない。今の社交界の面々の間では、ローラのような人物は容認されているし、上流階級の連中を改革する義理もこちらにはないしね。ただ、彼女は頭からつま先まで宝石で飾られているだろうことだけが怖いんです」

ルインスタインはもう一度、葉巻を吸うと、一度それを見つめてから言葉をつづけた。「彼女の宝石はクレイソープ卿からもらったものだ」

「それは知りませんでした」ピーターは言った。

「多くの人は知らない話ですよ」ルインスタインは言った。「クレイソープは、シティでは道徳を重んじる人物ということになっているから」面白い冗談だというように、彼はひとり笑った。

「そして、もう一つ知らせたいことがある。このローラという娘は、何人もの友だちに——少なくとも、私の友人の一人に対して——半年もしたらアルゼンチンに移住すると語っているんです。

クレイソープ卿はその計画を承諾しているのかと、私の友人は訊ねた。劇場関係者っていうのは非常に率直な連中ですからね。それで彼女の答えは『イエス』だったんです」彼はピーターを見つめた。

「つまり、クレイソープも一緒に行くわけだ」ピーターが言うと、ルインスタインは頷いた。

「それもはじめて聞く話だ。わかりました、それでは今夜の晩餐にはぜひ伺いましょう」

「よかった！」ルインスタインの表情が明るくなった。「ただ、ローラの隣の席になるかもしれませんが、構いませんね」

その夜、プライベートな会食室と一緒にルインスタインが予約した、大きな客殿に足を踏み入れながら、ピーターの視線はその女性を探しさ迷った。写真入の新聞で見たことがあったので、彼女の容姿はわかっていた。なかなか目立つその顔立ちから、彼女はすぐに見つかった。しかし容姿を知らなかったとしても、彼女がまとう大胆なドレスで、不愉快なスキャンダルのひとつかふたつでその名が人々の口の端に上った、侮りがたいかの女性だと気がついただろう。

しかし彼の視線は主に、均整の取れた彼女の首の周りを飾る、立派なエメラルドに吸い寄せられた。いくつもの大ぶりの緑の石が、暗めの光の中できらめき、それは部屋に集まった宝石の中でも抜群に目立っていた。ピーターを招待した理由については、ルインスタインからクレイソープ卿に説明があったらしく、卿も案外愛想良く彼を迎え、平凡な警官が、自分を完全に夢中にさせている女性の隣の席を陣取るのにも異を唱えたりはしなかった。

紹介が済んでからひとつ驚きがあった。ジョイス・ウィルバーフォースが目に入ったのだ。

「今日の内にまたお会いするとは思いませんでした、ミス・ウィルバーフォース」ピーターが言った。

「来るつもりはなかったんです」ジョイスは答えた。「でも夫が——私が結婚したのはご存知よね？」

ピーターは頷いて笑った

「そのことだけは、私も知っていました」

「夫には先約があったので、私はこちらに出席して楽しんできたら、と言ったんです。あのエメラルド、どう思います？」彼女はいたずらっぽく訊ねた。「あれを見守るためにいらしたのよね？」

ピーターは微笑んだ。

「豪華な首飾りよね。つけている方は、賛美する気にはなれませんけど」

ピーターは礼儀正しく、反応は控えた。ディナーではローラのお供をする役目は務めたものの、彼に言わせればローラは全くつまらない女で、ドレスのことや、踊り子仲間の女たちの弱みの話くらいしかできない人間だった。晩餐も大いに盛り上がったところで、ピーターのほぼ向かいに座っていた、ジョイス・ウィルバーフォースが叫び声を上げると、椅子の上で身を縮ませた。

「見て、見て！」床を指差して彼女は叫んだ。「ネズミよ！」

テーブルに身を乗り出したピーターは、茶色の小さな物体が羽目板に沿って走るのを目にした。隣席の女性が金切り声をあげ、両足を椅子の肘かけに上げた。それがピーターが目にした最後の光景だった。その瞬間、部屋の全ての灯りが消えたのだ。ローラが叫ぶのが聞こえた。

「首飾りが、私の首飾りが！」

ざわめきが起り、何人もが同時に矛盾する指示や助言を叫んだ。そして、ピーターがマッチを灯した。揺らめく光の中で彼に見えたのは、自分の首の周りを抱きしめるように両手を置くローラの姿だけだった。エメラルドの首飾りは、消えてなくなっている！

誰かがヒューズを直し、再び灯りが灯るまで五分かかった。

「皆さん部屋から出ないで下さい！」ピーターが大声で指示した。「ここにいる全員を検査しなくては。それから――」

そこでピーターの視線は、テーブルの彼の席の前に置かれた、灯りが消えるまではなかった小さな札《カード》にそそがれた。裏返さなくてもわかっていた。カードの反対側になにがあるのかは。そこには四角で囲まれた『J』の文字が、彼をあざ笑うように待っていた。

第八章

ピーター・ドーズは、ロンドン警視庁の一員としてここは敏速に考え、とにかくローラの首飾りが盗まれる直前のすべての出来事に集中しなくてはならなかった。まずはジョイス・ウィルバーフォースが、羽目板沿いに走るネズミを目撃し、女性らしく、体に寄せるように足を上げたのは、間違いなくわかっている。それからローラも床から足を上げ、やはり女性がよくするように、スカートをきつく引き寄せるために腕を下にのばしたのを、ピーターは見ていた。

それ以外、彼はなにを見ただろう？　手を見た、給仕の手が、彼の左に座る女性との間にあったのを見た。その手にはなにか特徴があり興味を引かれたのを思い出し、もっとよく見ようと、まさに顔をそちらに向けようとしていたときにジョイスが叫び、注意がそちらに逸れたのだ。

どうして、あの手に興味を惹かれたのだろう？　些細なこの問題にピーターは意識を全て集中させ、あの瞬間の予感にこそ、この謎を解く手がかりが潜んでいるのを直感的に感じた。きちんと手入れされた手だったのは覚えている。そんなことをしている給仕自体、珍しい存在だ。アクセサリーや指輪の類はつけていなかったが、それ自体は珍しくない。そんなのは、なんとなく観察したことだった。そして突然、興味を惹かれた特徴が頭に蘇った。小指が目だって短かったのだ。このような変形についてと、以前、聞いた話についての関連性を懸命に思い出そうとした。呼び出された警官にその場を任せて部屋を出ると、ピーターはタクシーを拾い、ジョイス・スティールが夫と投宿するホテルに直行した。

「スティール夫人は外出中ですが、スティール氏は先ほどお戻りになりました」と、ホテルの係が言った。「ご面会だとお伝えいたしますか?」

「その必要はない」ピーターは名刺を見せて言った。「彼の部屋に向かおう。部屋番号は?」

部屋番号を教わり、ドアの前までページに案内される。ピーターは、ノックもせずにドアハンドルを回して部屋に入った。小さな火の前に座りタバコを吸っていたジェイミソン・スティールは、侵入者の方に顔を上げた。

「こんにちは、ドーズさん」スティールは落ちついて言った。

「私のことを知っているのか」ピーターは言った。「話があるのだが、少しいいですか?」

「お好きなだけどうぞ」スティールは言った。「座りませんか? ここの居間は悪くはないんだが、少々隙間風がある。わざわざいらしたご用はなんでしょう? 意地悪なおじが、偽造で告訴することにしたんですか?」

ピーター・ドーズは微笑んで言った。

「たぶん告訴はしないと思いますよ。今日は、あなたの手を見せていただきたくて伺いました」

「ぼくの手?」驚いた口調でスティールは言った。「マニキュアが趣味なんですか?」

「まさか」彼の方に手を広げてみせるスティールに、ピーターは素っ気なく言った。「小指をどうされたんです?」じっと観察した後にピーターは訊ねた。

ジェイミソン・スティールは自分の小指を調べると笑った。

「こいつ、ちょっとチビなんですよね。成長が止まってしまった、というのかな。完全なぼくの肉体の、唯一の欠点なんです」

「今夜はどちらで過ごしました?」ピーターは静かに訊いた。

「いろいろな所に行きました。ロンドン警視庁も含めてね」驚きの返事が返ってきた。

「ロンドン警視庁?」信じられないという口調でピーターが言うと、ジェイミソン・スティールは頷いた。

「実は、折りに触れてクレイソープ卿が持ち出してくる奇妙な告発について、あなたと話がしたかったんです。それにうちの妻が巻きこまれそうになった事件を担当しているあなたには、なぜクレイソープに偽造で訴えられたときに姿を消したのか、説明をしておきたいと思ったんです」

「警視庁《ヤード》を出たのは何時でした?」

「三十分ほど前ですね」スティールは言った。

ピーターはじっと彼を見つめた。スティールは普通の背広に柔らかいシャツ姿だった。テーブルの上に現われたあの手は、確かに硬い袖と黒の袖に包まれていた。

「えっ、なにかあったんですか?」スティールは訊ねた。

「今夜、リッツ・カールトンで盗難があったんです」ピーターは説明した。「給仕姿の男がエメラルドの首飾りを盗んだのです」

「それで当然、ぼくを疑ったわけだ」皮肉っぽく彼は言った。「この部屋を捜索したいのでしたら、ご自由にどうぞ」

「正装の服を見せて頂けますか？」とピーターは言った。答えるかわりに、スティールはピーターを寝室へと案内し、そこにはきちんと畳まれブラシをかけられた正装用のスーツが、トランクの底にしまわれていた。

「さて」ピーターは言った。「構わなければ、おっしゃる通り捜査をさせてもらいたい。私にはその権限はないし、ご許可を頂けなければ捜査できないのはわかりますね」

「許可しますよ」スティールは言った。「ぼくに容疑がかかっているのはわかるので、やってください。ぼくの気持ちを傷つけるとかは気にしなくてもいいです」

ピーターは綿密に捜査したが、重要な発見はひとつもなかった。

「こちらは妻の部屋です」スティールは言った。「ここも捜査したいのでは？」

「その方がよさそうだ」躊躇なくピーター・ドーズは言ったが、今回も捜査は空振りに終った。

ピーターは全ての窓を開くと、エメラルドの首飾りを吊るすテープか紐か糸がないか窓の下枠を手で触り確かめた。盗んだ品を黒の糸で括り、それをしっかりとしたガム引の紙で窓の下枠に固定するのはよく使われる手だったが、ここでもなにも見つからなかった。

「今度は」快活にスティールは言った。「ぼく自身も検査して下さい」

「ここまできたら、徹底的に捜査した方がよさそうだ」ピーターも同意し、スティールの体を体系的に手で探した。

「無実というわけだ」それが済むとスティールは言った。「では座って下さい。クレイソープ卿について、刑事さんも興味があるだろう話をしましょう。クレイソープが破産寸前の暮らしをしてきたのは、もちろんご存知ですね。座らないんですか?」もう一度言われ、ピーターは腰を下ろした。「葉巻を吸えば落ちつきますよ」

「長居はできませんが」ピーターは言った。「最後まで、ぜひ話を聞きたい」

ピーターは差し出された葉巻を受け取ると、端を噛み切った。

「さっきも言いましたが」スティールはつづけた。「クレイソープは何年も、破産寸前の暮らしをしてきた。彼は子ども頃から、自分の知性に頼り生きてきた人間だ。若い頃はいわゆる放蕩生活を送っていた。一時はあまりにも金が無くて、テムズ河岸通り《エンバンクメント》に野宿したこともあるはずだ」

ピーターは頷いた。この手の話は彼も耳にしていた。

「これはもちろん、爵位を継ぐ前の話です。彼は頭が良くて良心など持ち合わせない、口の上手《うま》い男だ。困難を予期した彼は、有力な友人を作る努力をしました。その一人が妻のおじだった。彼は温厚で無邪気な人で、南アフリカで相当な財産を築きました。クレイソープは彼からかなりの財産を搾り取り、そのままなら最後の一滴まで吸い取ったかもしれなかったが、彼はその前に自然死した。友人たちにかなりの財産と、遺産の残余部分はうちの妻に残して。クレイソープは遺言執行人に指定され、かなり広範囲に権力を振るえることになった。妻の相続財産——というか、結婚した日に相続することになっていた財産には、イングランド北部の小さな炭鉱も含まれていた。老人が亡くなったときそれを管理していた、ある若き優秀な技師の名前は、ぼくは謙虚なので明かしません」

「つづけてください」ピーターは微笑んで言った。

「莫大な富のコントロールを握ることになったクレイソープは、資産改善に乗り出した。彼が最初にしたのはぼくの炭鉱――ぼくの、と呼ぶのは、精神的な意味ではあの炭鉱をずっと自分のものと思っていたという意味ですが――その債権発行を約六倍の価値に見積もることだった」

ピーターは頷いた。

「一般投資家を引き寄せるには、同鉱山の石炭埋蔵量、炭層の規模などの説明書が必要で、投資家の財布の紐を緩めるような、最も好意的な説明書の準備をぼくが任されました。クレイソープにその計画を持ちかけられたが、ぼくは『ノー』と答えた。そして」青年は慎重に言葉を選びながらつづけた。「もし債権発行するなら、こちらも経済新聞の論説に言いたいことがある、と伝えました。それでこの話は中止となったが、クレイソープは絶対にぼくを許さなかった。ぼくは、とある通常の業務外の仕事を彼のために行い、セント・ジェームズ・ストリートの彼の事務所に呼び出され、小切手を渡されました。額が思っていたよりも多かったのは、そのとき気がついていたが、卿はぼくの機嫌を取ろうとしているのだろうと思ったんです。それに小切手の金額が書きかえられ、卿の署名も少々いつもと違うと気がついていました。ぼくは小切手を受け取り、数日後に銀行へ持っていったが、事務所に呼び出され偽造の罪で糾弾されたんだ」青年は宙に煙の輪を吐きながら、思案するように言った。「でも、鳩尾のあたりに奇妙な気分がしたんですよね。気高くきちんと自分の主張を変えずに、中央刑事裁判所《オールド・ベイリー》に出向き、判事と陪審から賞賛の拍手をもらえるような大スピーチをうって、意気揚揚と胸を張って裁判所から出てくるのが賢明だったんだ。でもこういう場合、人は滅多にきちんとした行動はとらないものだ。実は、ぼくに逃げろと勧めたのは、今では故人となったレミントンでした。そして、ぼくは愚かにも逃げ出したんだ。行き先を知っていたのはジョイスだけです。妻について、知るべきことは既に全てご存知だろうし、ぼくからはなにも言うつもりはありません。ぼくは何年も彼女のことを愛してきたし、彼女もその気持ちに応えてくれたとだけ言いたい。妻はロンドンに戻り裁きを受けるよう勧めてくれたが、彼女は子どものように純粋な人だからそんな風に考えるのだと思っていた。男というのは助言をもらっても、相手が女だと自分の方が賢いと考えたがるものですからね。ぼくの話はこれが全てです」

ピーターはしばらく待ってから言った。

「さて、スティールさん。なぜ今夜、リッツ・カールトン・ホテルで給仕のフリをしていたのか教えてくれませんか」

スティールは当惑したような笑みを浮かべてピーターを見た。「実際、そこにいたなら、説明するところだけど」彼は言った。「ぼくがそこにいたことにして、理由もでっちあげろというんですか？」

「あなたはあの場にいた。現在、目の前に座っているのと同じくらい確信がある。そしてあの部屋にいたことを証明するのは、ほぼ不可能なのも確信しています」ピーターは立ち上がって言った。「私はホテルに戻ります。うちの刑事《ブラッドハウンド》は、首飾りを発見していないだろうと思いますが」

「もう一本、葉巻をどうぞ」スティールは言い、蓋を開けた箱を差し出した。

ピーターは首を振った。

「いや、結構です」

「害はありませんよ、一摑み取って下さい」

ピーターは笑いながら辞退した。

「フォー・スクエア・ジェーンについては、もうすぐ片付くと思っています。それで賞賛され昇進なんてことにはならないと、ほぼ確信があるが」

「ぼくもそういう気がしますね」スティールは言った。「厄介な事件だ」

ピーターは首を振った。

「厄介なのは、フォー・スクエア・ジェーンの謎を解いたこれからだ。彼女が何者かも、なぜクレイソープとその友人たちから盗んだかも、わかっています」

「容疑者がわかったんですか?」考え込むようにスティールが言い、ピーターは頷いた。

ジェイミソン・スティールは、刑事の背後で扉が閉まるのを待ち、それから更に五分待ってから立ち上がって鍵を掛けた。それから居間につづく二つのドアにも鍵をすると、葉巻の箱を手に取りテーブルに置いた。箱の中に手を入れると、繰り返し葉巻を手に一杯つかんでは取り出し、それから光が反射してきらめくなにか——立派な一連のエメラルドの首飾り——を取り出すとテーブルに置いた。思案するようにそれを眺めると、絹のハンカチで包み、ポケットに突っ込んで、葉巻をまた箱に戻した。寝室へ入ると、柔らかいフェルト帽と、丈の長い紺のトレンチコートを着て出てきた。

扉の鍵を開ける前に躊躇し、コートのボタンを外し、ハンカチに包まれたエメラルドの首飾りを取り出すと、トレンチコートのポケットに入れなおした。その瞬間、後を振り向き、半開きの寝室のドアの方を見たら、彼の一挙手一投足を見守る人影の端を目にしたかもしれない。ピーター・ドーズは一人で来たのではなく、スティール夫妻が泊まるスウィートには出入り口が三か所あったのだ。

ジェイミソン・スティールは素早く外に出たため、見張りが廊下に出たときには、ちょうと下に向かうところだったエレベーターに既に消えていた。見張りは階段を二段飛ばしで駆け下りた。一番下の踊り場は広い大理石製の玄関ロビーを見渡せるバルコニーとなっており、下を見ると、待っているピーターを見つけた。彼が大きく手を振ったのと同時に、地上階に到着したエレベーターからジェイミソン・スティールが出てきた。

彼は玄関ロビーを半分横切ったところで、ピーターに行く手を阻まれた。

「待ってください、スティールさん。きみに来てもらおう」ピーターが言った。

ちょうどそのとき、回転ドアが回りジョイス・スティールが入ってきた。

「ぼくですか？」スティールは言った。「なぜ？」

「今夜の盗難の件で、あなたを勾留します」と、刑事は言った。

「気でも違ったんですか」スティールは冷静な表情で言った。

「逮捕する？　そんな！」と言ったのは、あえぐような女の子の声だった。一瞬のうちに、彼女は夫に抱きつくと両腕を彼の体に回した。「嘘よ、嘘でしょ！」ジョイスは泣きじゃくった。

優しく気をつけながらスティールは彼女から体を離した。

「離れた方がいいよ、ジョイス。きみには関係ないことだから」スティールは言った。「ドーズさんが大きな間違いを犯したのは、彼もすぐに気がつくはずだから」

見張りが三人のところに来た。

「この男は例のものを持っています」彼は勝ち誇ったように言った。「私は見ました。首飾りは葉巻箱にしまってあったんです。今はポケットに入ってます」

「両手を前に出して」ピーターが言い、ジェイミソン・スティールにすぐに手錠が掛けられた。

「私も一緒に行っていいですか？」ジョイスが言った。

「いらっしゃらない方がいいですよ」ピーターが言った。「ご主人はご自分の無実を証明できるかもしれない。どちらにせよ、あなたにできることはありません」

一行は、悲しみに沈み立ち尽くす彼女をロビーに残し、容疑者をキャノン・ロウ署に連行した。

「それでは、あなたを検査させてもらいますが、いいですね？」ピーターが訊ねた。

「もちろんどうぞ」スティールは冷静に言った。

「どこにしまったと言った？」

「ポケットです、警視殿」見張りは言った。

ピーターはトレンチコートのポケットを探った。

「空だ」彼は言った。

「空ですって?」驚いて見張りは息を呑んだ。「しかし、そこにしまうのを私は見ました。彼は尻ポケットから取り出して――」

「それでは尻ポケットを探してみよう。コートを脱ぐんだ、スティール」

青年が言われた通りにすると、ピーターは再び手際よく彼の体を手で調べたが、結果は同じだった。二人の刑事たちは、驚きの表情で顔を見合わせた。

「少々間違いがあったようだな、これは」ピーターは言った。「お騒がせしてすみませんでした」

「車の床も探しましょうよ」二人目の刑事が請うように言ったが、ピーターは笑った。

「彼はなにもできなかったと思うよ。両手には手錠をかけられていたし、私は手から一度も目を離さなかった。探したいなら車を探すといい――扉のところに停めてあるから」

しかし、車を捜査してもなにも出てこなかった。

そしてピーターはあることを思いつくと、静かに長い笑いをもらしはじめた。

「この仕事も辞めどきのようだな。本気だよ、スティール。私は子どもみたいに簡単に信じるたちのようだ」

視線が合うと、両者とも目元に笑い皺がよっていた。

「よし」ピーターは言った。「釈放しろ」

「釈放ですか?」一人の刑事が失望の声を上げた。

「そうだ。この方に不利になるような証拠はないし、この先も確保できる確立は低いだろう」

短時間の間にピーターは、どのような種類の人間を相手にしているか気がついたのだった。太陽の光を見るかのごとくはっきりと、エメラルドがどこに消え、これから見つけようとしたところで更なる落胆が待ち受けているだけなのが見えた。

「よかったらホテルに同行させてもらいたい。このことは恨まないでほしい」

「もちろんですよ」スティールは言った。「ぼくを捕まえるのがあなたの仕事なんだ。そしてぼくの方は――」彼は言葉を止めた。

「なんだ？」興味を引かれてピーターは言った。

「ぼくの仕事は捕まることですね、もちろん」スティールは笑って言った
車がホテルへと走り出すまで、二人はそれ以上なにも言わなかった。

「かわいそうに、妻にはずいぶんショックだったようだ」

「そのことは心配していません」ピーターは素っ気無く言った。「スティール君、あなたは賢い人だ。あなたならこの手の駆け引きの裏も表も知り尽くした人間の忠告を無視すべきでないのはわかりますね」

スティールは返事をしなかった。

「私から忠告だ。できるだけ早く国外へ脱出することだね、奥さんも一緒に」と、ピーターは言った。「昔からの格言にもあるように、長くつづいた成功もついには挫かれるものなのは、言われなくてもわかっていますね」

「おっしゃる意味がわからない、と言ったら？」

「そんなつまらないことは、しないことだな」ピーターは答えた。「あなたがしていることはわ

かっているし、あの郵便強盗の罪からは逃げられませんよ。これまで犯罪のなかで、個人的にあれだけは言い訳がきかないと思っているし、あの事件であなたが処罰されるまで私は不眠不休で働きます」

今度も返事はなかった。

「私の知る限り、郵便袋からはなにも盗まれなかった」ピーターは言った。「全ては返却された。あなたの大きな罪は、真面目な国王陛下の公務員を怯えさせたことだ。これはあまりにも重大な罪だし、あなたに不利な証拠を確保したら、二十年の刑となる。装塡したリボルバーで郵便を襲い――」

「それだって証明できませんよね」スティールは笑った。「使ったのはガスパイプかなんかだったかもしれない。お考えのようにぼくが札付きの犯罪者だったと仮定して、ぼくの頭脳ついてはもうご存知のはずだし、そんな人物が殺傷能力のある武器携帯を禁ずる法律を知らないはずはないでしょう」

「なにを言っても、今なら証人はいませんよ」ピーターは言った。

「それはどうかな」スティールは素早く言い返した。「ホテルの居間の会話も、証人がいるとは予想もしていなかったわけだし」

「それでも今は、他に証人がいないのは確かです」ホテルのある通りに車が差しかかり、ピーターは微笑んだ。「ここで内密な話として、セント・ジェームズ・ストリートでの殺人事件に関する情報を持っていないか、正直に話してほしいのです」

スティールはしばらく考えてから言った。

「なにも言えません。事実、事件当時、ぼくはファルマスにいたのはご存知ですね。あれがフォー・スクエア・ジェーンを名乗る女性の仕業でないのは明らかだ。ぼくに言わせれば魅力的なあの人は、リボルバーを目にしただけでも死ぬほど怖がるだろうという気がする。殺された男の手にあった名刺は——」

「なぜそのことを知っている?」ピーターは急いで訊ねた。

「こういうことは噂になるから」スティールは臆面もなく答えた。「あの晩は湿度が高かったし、殺人犯も暑くてカードに指紋を残した可能性は考えましたか?」

「それは考えた」ピーターは言った。「実は、まず頭に浮かんだのはそのことだった。興味あるなら、カードには指紋が一つ残っているのが見つかり、過去数日間の試みで——」そこで彼は言葉を止めた。「ああ、ホテルに到着した。あなたには探偵になる才能が隠されていそうだ」

「隠れているどころか、既に消えたというところでしょう」スティールはふざけた口調で言った。

「おやすみなさい。部屋に上がって葉巻をもう一本やりませんか?」

「遠慮しておきます」ピーターはきっぱり断った。

ピーターはロンドン警視庁へ戻った。今夜、スティールがあのカードについて言及したのは、あまりにも興味深いことだった。遅い時間にも拘わらず、署内には人が残っていた。重要な署内の会議が行われており、各部署の主任が集まった部屋はタバコの煙で空気が紫に煙っていた。肉付きのよい明るい男が、入ってきたピーターに向かい頷いてみせた。

「大変な作業でしたよ、ピーター。だが上手くいった」

彼の前には、ジェイミソン・スティールの名の記された小さな名刺があった。真ん中には紫色の指紋があった。指紋は薬品で処理されるまで肉眼では見えなかったもので、現在の姿は、ロンドン警視庁の有能な科学者三名が粘り強く取り組んだ結果だった。

「もう一方も成功ですか？」ピーターが言った。

「そこにあります」がっしりとした男は言い、黒い指紋が二つ付着した一枚の厚紙を指差した。

ピーターは両方を見比べた。

「ふむ」彼は唸った。「少なくとも、この部分の謎は解けたわけだ。これはどうやって手に入れたんです？」指紋二つがついた厚紙を指差して訊ねた。

「こっちから彼を訪問し握手をしたんです」がっしりとした体格の男は笑顔で言った。「ずいぶん驚いて、こちらが勝手に訪ねたのにご機嫌斜めだった。それから彼にカードを渡した。しばらくあとに吸い取り紙の綴りに手を置き、掌と指の先が黒ずんでいるのに気がついたときの彼の驚きようといったらなかったですね」

ピーターは微笑んだ。

「あなたの手には入念に黒色顔料が塗られてあったとは、彼は思いもしなかったのですね？」

「考えてもみなかったんですね」太った男は言った。

ピーターは二つの指紋をもう一度比べた。

「これでもう確かになりましたね」彼は時計に目をやってから言った。

「十二時半か。悪くない時間だ。ウィルキンスとブラウンを連れて行こう。そしてこれを終らせてしまいましょう。大きな騒ぎになるはずだ。礼状の準備は？」

恰幅のよい男は引き出しを開けると、一枚の紙を机越しに渡した。ピーターはそれを調べた。

「ありがとう」と、簡潔に言った。

警察の到着を告げられたとき、クレイソープ卿は書斎で強いウィスキー・ソーダを飲んでいるところだった。

「それで？」彼は言った「エメラルドの首飾りを盗んだ人間は見つかったのか？」

「いいえ、閣下」ピーターは言った。「しかし、レミントンを撃った男は見つかりました」

クレイソープ卿の顔から血の気が引いた。

「どういうことだ？」彼はかすれた声で言った。「どういうことだ？」

「つまり」ピーターは言った。「故殺の容疑であなたを逮捕するという意味です。そして、供述はあなたに不利な証拠として用いられることがあると警告しておきましょう」

第九章

午前三時、キャノン・ロウ署の勾留者となったクレイソープ卿は、ピーター・ドーズを呼び出した。監房に案内されたピーターの前には、別れたときの悲観と絶望に満ちた表情から立ち直ったクレイソープがいた。今は普通に落ちついていた。

「会いたいと思ったのは」彼は言った。「心にのしかかるいくつかのことを、はっきりさせておきたいからだ」

「もちろんです、しかし」ピーターは言った。「それが供述の一部となる可能性はわかって――」

「ああ、わかっておる」クレイソープはいらいらしながら言った。「それでも、これだけは言っておきたい」彼は背後で両手をしっかり握り、狭い監房を行ったりきたりした。やがてピーターの隣に腰を下ろした。「まず第一に」彼は言った。「わしがドナルド・レミントンを殺したと言っておこう。殺人に至るまでには長い話があるわけだが、彼を傷つけるつもりがなかったことは誓う」

ピーターは一方のポケットからノートを、もう片方からは鉛筆を取りだし、独特の速記で相手の語る話を書きとめた。大抵の場合、こうやって自分の言葉を記されると相手は黙り込んでしまうものだが、クレイソープは気にも留めていないようだった。

「ジョイス・ウィルバーフォースのおじから、遺言執行人に指定されたときには、誠実に管理するつもりでいたのだ。しかし、南アフリカの鉱山株市場で大きな損失を出してしまい、以来、彼女の財産からかじりとるようになった。封筒に封をして銀行に預けてあった証券は、ひとつずつ取り出しては売却した。封筒には白紙を入れて再度封をしておいた。泥棒にあった時点で残っていた債権は僅か十万ポンドだった。それはわしの机の秘密の引き出しにしまってある。全て打ち明けてあったレミントンにも、これだけは明かしていなかったが、ずっと疑っていたのじゃろう。銀行から債権を取り出したのは、あの晩、自分の事務所に侵入しフォー・スクエア・ジェーンのカードを残すことで、嫌疑がそちらにかかるよう狙うつもりだったのじゃ。あの夜、十一時に事務所に戻ると、そこには既にレミントンがいた。彼は持っていた鍵で金庫を開け、好奇心を満たすために封筒の中身を確認しておった。封筒に重要書類は入っていないと発見した彼は、わしのしたことを暴露すると脅してきた。わしは必死だった。見破られた場合、その場で自分の命を絶つつもりで、わしはリボルバーを携帯しておった。レミントンにとある要求をつきつけられたが、わしは同意を拒否した。レミントンは立ちあがると扉に向かいながら、警察を呼ぶつもりだと言った。そのとき、わしはやつを撃ったのだ」

ピーター・ドーズはノートから顔を上げた。

「スティールの名刺については？」

クレイソープ卿は頷いた。

「あれを持っていったのは、スティールに嫌疑を向けるためだ。やつはフォー・スクエア・ジェーンと関係していると信じていたし、今でもそう思っている」

「ひとつ教えて下さい」ピーターは言った。「フォー・スクエア・ジェーンの正体をご存知でなくとも、これと思う人物はいますか？」

クレイソープ卿は首を振った。

「ずっとジョイス・ウィルバーフォースなのではないかと疑っていた。しかし、それを証明することはできなかった。昔、ウィルバーフォース家がマンチェスター・スクエアに住んでいた頃、あの娘に会うものだったが、当時、キャベンディッシュ・スクエアの最上階に事務所を構えていた若きスティールに、彼女は手紙を送っているものと睨んでおった」

「当時の閣下のお住まいは？」ピーターは急いで訊いた。

「グロスヴナー・スクエアにフラットを持っていた」クレイソープ卿は言った。

ピーターは飛びあがった。

「当時ジョイスのおじはまだ存命でしたか？」

クレイソープ卿は頷いた。

「生きていた」

「どこに住んでいました？」

「バークレーだったと思うが――」

「わかったぞ！」興奮してピーターは言った。「当時、様々な問題が一度に起っていて、閣下はジョイスに対する影響力を利用し、彼女から盗みを働く計画を立てていた。わかりませんか？『フォー・スクエア・ジェーン』という名前。彼女はこの話の登場人物四人が、四つの広場《スクエア》に住んでいたのにちなんでつけたんですよ」

クレイソープ卿は眉間に皺を寄せた。

「それは思ってもみなかった」彼は言った。珍しくピーター・ドーズを興奮させたこの事実に、大して興味を引かれないらしかった。言いたいことは他には特にないらしく、ピーターが帰ると、疲れたように板製のベッドに横たわった。

ピーターが署の責任者の警部としばらく話しをしている途中、看守が呼びにきた。

「囚人の様子がおかしいのです、警視殿」彼は言った。「約二分前に覗き穴から覗くと、上着のボタンを引っ張り外しているのが見えました」

ピーターは眉間に皺を寄せて言った。

「上着を着替えさせてやれ。それから監視をつけるように」

彼らは一緒に監房へ引き返した。クレイソープ卿はピーターが去ったときと同じ姿勢で横たわっており、彼らは一斉に監房へ入った。ピーターは屈み卿の顔に触ると、一声叫んで、彼の肉体を仰向けになおした。

「死んでいる！」彼は叫んだ。

ピーターはコートに目をやった。ボタンの一つがねじり取られていた。それから屈んで死んだ男の口元の匂いを嗅ぐと、床の上を探しはじめた。やがて探していたもの——つまりボタンの一部が見つかった。それを手に取り、匂いを嗅ぐと警部に手渡した。

「これを使ったんだな」ピーターは厳かに言った。「クレイソープは、このときのために準備していたんだ」

「なんです、これは？」警部は訊ねた。

「コートの第二ボタンは、特注品だったようだ。青酸カリを圧縮した錠剤に、他のボタンと同じ色づけしたもので、それを引き千切って口にすれば命を絶てるようにしてあったんだ」

そういうわけで、大いなるならず者だったクレイソープ卿は、薄弱な息子に爵位と、幸福な思い出もほとんどないのに苗字だけを共にする、地味でヒステリー気味の女を残して死んだのだった。フォー・スクエア・ジェーンの謎を除けば、ピーターの仕事はこれで終りだった。そしてその謎も、答えは既にわかっていた。彼が次に自分に課したのは難しい課題で、自身、非常に気の進まないものだった。新たにまた令状を一揃い得ると、小人数の刑事を引き連れ全ての出口を見張らせ、自身はスティールとその妻の泊まるホテルの部屋を訪問した。

直接、部屋に向かうと、ジョイスは夫と朝食を取っているところだった。二人とも着替えは済ませてあった。いくつものトランクの荷造りが済ませてあることから、早めの移動を考えているらしかった。

ピーターが扉を閉め、ゆっくりと朝食の席に近づくと、少女は笑顔で彼に挨拶をした。

「ちょうど朝食の時にいらしたのね」彼女は言った。「コーヒーはいかが？」

ピーターは首を振った。注意深く彼を見つめるスティールは、そのうちに笑い出した。

「ジョイス。ドーズさんはぼくたち二人を逮捕しに来たんだと思うよ」

「そう思われたかもしれませんが、違います」ピーターは言うと腰を下ろし、テーブルに片腕を置いた。「スティールさん、お遊びはもうお終いです。あなたを捕まえます！」

「私も捕まえる、というわけ？」そう訊ねると、ジョイスは眉を上げた。

本当に可愛い人だ、とピーターは思い、彼女を気の毒に思った。

「ええ、あなたもです、スティール夫人」彼は落ちついて言った。

「私、なにをしたんですか？」

「あなたはいくつかのことをした。最近では、ホテルの玄関ロビーで、エメラルドの首飾りの所持で逮捕されたあなたの夫を抱きしめ、その仕草の間に有罪になるような物証を彼から掠め取りましたね」

ジョイスは頭をのけぞらせて笑った。

「あれは見事だったと刑事さんも思うでしょう？」彼女は訊ねた。

「全く見事でした」ピーターは言った。

「他の罪状は？」

「フォー・スクエア・ジェーンはあなただ、ということ以外、なにも」と、ピーター・ドーズは言った。

「それもばれてしまったのね？」ジョイスは訊ねた。震えもせずに、茶碗を口元に上げた彼女の視線は、いたずらっぽく彷徨《さまよ》っていた。

この女性は、手軽な標的だった彼女から騙し盗った男から盗み返すのに人生を捧げる代わりに、普通の犯罪活動に専念したとしたら、法に挑戦する邪な者たちの中でも一流として歴史に名を残しただろう、とピーターは感じた。スティールはポケットからタバコを一本取り出すと、煙草入れを刑事の方に差し出した。

「おっしゃる通り、これで万事休す、というわけか」スティールは言った。「ぼくたちは二人とも、不愉快な騒ぎは望んでいないし、極寒の刑務所の独房でするより、居心地のよいこの場で告白しておきますよ。一連のフォー・スクエア・ジェーンの策略を考えたのはぼくです」

「そうじゃないわ」女の子は冷静に言った。「責任も功績も取るなんてだめよ、あなた」

スティールは、ピーターのタバコに火を差し出しながら笑った。

「でも、巧妙な計画の一部は、ぼくのものだ」夫が言うと、妻も頷いた。

「ドーズ、あなたが言う通り、妻はフォー・スクエア・ジェーンだ。名前の由来を知りたいですか?」

「それは知っている——というか、想像はついています」ピーターは言った。「ロンドンの四つの広場《スクエア》に因んでいるのでしょう」

スティールは驚いた顔をした。

「思ったよりも頭が良いんだな。その通りですよ。ジョイスとぼくは、何年もかけてクレイソープから盗みを働いてきた。彼から実質的なまとまったカネを盗むと、それは保管した。宝石類は病院などに送るか——」

「それもわかっています」そう言うと、ピーターは突然、タバコを投げ捨てた。彼は二人に疑いの眼差しを向けたが、二人とも視線を逸らさなかった。「さて、と」ピーターはうまくろれつが回らなかった。「一緒に来て下さい。待つのはもうたくさんだ」

立ちあがったもののよろめき、心もとない足取りで、扉に向かい部屋を横切ろうと足を一歩踏み出したが、二歩も進まない内に背後にいたスティールに両手を摑まれた。妙に弱り、体がいうことをきかなかった。しかも囁き声以上の声が出せなかった

「あの――タバコに――くすりを――しくんだのか」もたついた口ぶりで彼は言った。

「そういうこと」スティールは言った。「あれは失敗無しの小道具のひとつなんだ」

ピーターの首が前にたれると、スティールは彼を床に横たえた。

ジョイスは気の毒そうに、彼を見下ろして言った。

「こんなことして、ごめんなさいね」

「害はない」スティールは明るく言った。「心配するなら、自分たちのことを心配した方がいいと思うな。このホテルは確実に囲まれているだろうし。彼の仲間の警官が外の廊下にいるのは、大きな難関だ」

スティールは静かに扉を開くと、外の様子をうかがった。廊下は空だった。彼は少女を手招きして言った。

「宝石箱だけ持って来て。現金と首飾りは、ぼくのポケットに入れてある」

扉を閉め鍵を掛けると、二人は廊下を進み、エレベーターと階段の方ではなく、火災時に非常

口として使用される更に狭い階段に向かった。二人は下に降りようとはせず、三階分上に昇ると、ロンドンのウエストエンドが綺麗に見渡せる平らな屋根に出た。

先導するのはスティールだった。彼は予め下見をしておいたらしく一度も迷わなかった。突然、低い屋根は、壁に阻まれたが、彼はそれをよじ登ると、後につづく少女にも手を貸した。二人は傾斜する細い出っ張り部分を横切るしかなく、その次は背の低い欄干以外に保護するもののない、スレート屋根の更に歩き難い部分に差しかかった。二人ともそれにそって慎重に足を進め、天窓のところにくるとスティールがそれを開けた。

「お先にどうぞ」と彼は言うと、少女が下の部屋に降りるのを手伝った。

天窓が閉まったのを確認すると、すぐ少女につづいて降り、家具の置かれていないその部屋を通り、階段の踊り場に出た。

その間、ピーターの部下はだんだん心配になり、部屋に向かうとノックした。返事がないので扉を破って入ると、意識はあるものの動けずに横たえられたそのままの位置にいる上司を発見した。薬で眠らされた彼を揺さぶるという、手荒だが効果的な方法で意識が戻ると、急いで呼ばれた医者が彼を元気になるまで介抱した。

おぼつかない状態だったものの、彼はなにがあったのかを語った。

「二人がホテルから外に出ていないのは、誓って言えます」部下が言った。「従業員の専用口を含め、全ての出入り口に見張りをつけてあります。一体、なにが起ったんです？」

ピーターは首を振った。

「生贄《いけにえ》の子羊みたいに、私は彼らの思い通りに動いてしまった」彼は皮肉な笑みを浮かべて言った。「告白を約束されたのに加えて、好奇心をどうしても抑えられなくて、つい居残ってしまった。しかも薬入りのタバコまで吸ってしまったわけだ！」彼は一瞬考えた。「しかし彼らは、タバコ以外の手も用意していたに違いない。あそこで一服していなかったら、もっと不愉快な思いをさせられたのかもしれないな」

ピーターが自らホテル内を捜索できるまで回復したのは、一時間後のことだった。地下室から屋根まで、二名の部下を連れて歩きまわり、やっと手がかりがつかめたのは実際に屋根に昇ってみてからだった。ジョイスが登った壁に、一生懸命よじ登っている間に引っかかり落ちた小さなビーズがあった。彼らは傾斜する屋根を細い出っ張り部分に沿って歩き、天窓に辿りつくと、ピーターはそれを引き開けた。

天窓から降りると、そこは洋服店の敷地の一部だった。〈ベッカムとボイドの婦人服店〉だ。階下には大きな縫製室があり、大勢の女の子たちがミシンで作業をしていたが、突然出現したすすけた顔色の悪い男のせいでそれは中断された。現場主任の男も女も、侵入者は見なかったと言い、階下に行くには縫製室を通らざるをえないため、逃亡者たちはこの経路は使わなかったと、ピーターは結論せざるをえないかに見えた。

「上階の部屋に行った唯一の人は」現場主任は大声で言った。「卸業者の男二人だけだね。二分くらい前に、梱包した荷物を何点か取りに上がって行ったんだ」

「男二人？」ピーターは急いで言った。「何者だったんだ？」

ピーターは下の階の、店の更に重要な部分に捜査を移動させたが、荷物の運搬係二名は見つからなかった。支配人曰く、最近、大勢新たに雇い、上階の顔ぶれを確定するのは不可能だという。しかし、卸売り専用口の守衛は運搬係二名が出てくるのを見ており、彼らはどことなく妙な形をした包みを肩に担いでいたという。

「荷物は重そうだったか？」ピーターは訊ねた。

「すごく重そうだったね」ドアの守衛は言った。「荷車に載せ行ったきり、二度と戻ってこなかった」

ピーターの頭の中で他よりもはっきりしていることがあるとすれば、それはフォー・スクエア・ジェーンを支える人間は夫以外にもいるということだった。以前、クレイソープ卿宅に、偽刑事二名がジェーンを捕まえたと称して現われたのをピーターは思い出した。彼らは多分、犯罪世界に通じたベテランで、巧妙なスティールの思いつきで協力したのだろう。その推理が正しかったことを、ピーターは後に確認することになる。フォー・スクエア・ジェーン、またはスティールは、ホテルの隣の倉庫にいざという場合のために、この種の手伝いを準備しておき、実際それを利用したのだ。

もう一度、通りに出たときのピーターは悔しさに腹を立てていた。そしてクレイソープ卿の机にある、五十万ドル相当の債権のことを思い出した。フォー・スクエア・ジェーンがあれを確保せずして、イギリスを離れるわけがない。そう思いつくと、タクシーを止め、猛スピードでクレイソープ邸に車を走らせた。

クレイソープの悲報は既に同邸に届いており、使用人たちの間にも広まっていた。暗い表情の執事は、主人の死の責任はピーターにあるとでもいいたそうな、険しい顔で彼を迎え、邸内に上げた。

「書斎にはお入りになれません」いくらか満足げに執事は言った。「施錠され、封印もされておりますので」

「誰の命令だ?」ピーターは訊ねた。

「裁判所の職員の方がされたのでございます」執事は言った。

ピーターは書斎の扉に向かうと、二つの大きな赤い封印を調べた。

王立裁判所の封印には、ベテランの警官でも一目置いてしまうなにかがある。許可もなくそれを破っては、非常に厄介な結果が待っていることもあり、ピーターはためらった。

「他にこの部屋に入った者はいるか?」

「ミス・ウィルバーフォースがお入りになっただけでございます」執事は言った。

「ミス・ウィルバーフォースだと?」思わず叫びそうになりながら、ピーターは言った。「いつ来た?」

「扉に封をした裁判所の方と、ほぼ同じ頃でした」と、執事は言った。「実は、彼が到着されたとき、ミス・ウィルバーフォースは書斎にいらしたのです。裁判所の方はかなり手荒く、部屋から出るよう命令されたのでございます」彼女の行為が阻止されて、自分の主人に起った悲劇もいくらか報われたというような口調で、執事は言った。「ミス・ウィルバーフォースには、前回いらしたときにお忘れになった傘を、二階から取ってくるよう申しつけられたのですが、戻って来たときには、既にいらっしゃいませんでした。裁判所の方は、酷く不満げな口ぶりでした」

ピーターは電話に向かうとロンドン警視庁と話をしたが、クレイソープ邸の封印については通知されておらず、衡平法裁判所の担当者に連絡し、発令者と状況を確認するよう勧められた。その日、何時間も大法官裁判所主事の間をたらいまわしにされながら、その件についてなにかしら情報を得ようとむなしくも試みたピーターの苦労は、衡平法裁判所の通常業務を乱そうと試みたものにしかわからないかもしれない。

彼は衡平法裁判所から叱られる覚悟で、夕方四時半にクレイソープ邸に戻り、再び玄関で執事に迎えられたが、今回は待ちきれないというようにニュースを伝えられた。

「お戻りになられたのですね、本当に良かった。お話したいことが沢山あるのでございます。お帰りになられてから約三十分後、書斎からしきりに裂くような音がしたので、私は書斎の扉の前に行くと耳を立てました。なにが起っているのかわけがわからなかったものですから、『誰だ？』と叫びました。誰が答えたと思いますか？」

執事の言葉に、ピーターの心は沈んだ。「わかっている」彼は言った。「フォー・スクエア……、ミス・ジョイス・ウィルバーフォースだね」

「その通りでございます」執事は驚いて言った。「どうしてわかったのですか？」

「そうだろうと思ったんだ」ピーターは簡潔に言った。

「裁判所の担当者は、うっかりミス・ウィルバーフォースを書斎に閉じ込めてしまったようです」執事はつづけた。「ご自分の手紙を忘れたため、クレイソープ卿の机をお探しになっていたのです」

「もちろんクレイソープ卿の机が、世界でも一級品の物なのは周知の事実です。多々ある秘密の引き出しは、ジョイスお嬢様が以前一度おっしゃるに、卿がなにかを隠したければ、見つけるには一月はかかるだろうと」

ピーターはうめき声をあげた。

「彼らは当然、時間が必要だったわけで、時間稼ぎをしたんだ！」

これまでなんと愚かだったのだろう！　残りの話を執事から聞かずとも、彼には推測がついていた。それでも執事はつづきを話した。

「しばらくして。鍵を開ける音がすると、ジョイスお嬢様が非常に嬉しげな表情で出ていらっしゃいました。しかし机の状態といったら、それは酷いもので！」

「そこで彼女は封印を破ったわけか」ピーターは軽い皮肉のこもった口調で言った。

「ええ、封印も破り、机の秘密も破られたわけです」見事だというように執事は言った。「出ていらしたとき、大判の四角い書類――銀行手形のような印刷物を手にされていました」

「わかっている」ピーターは言った。「それは債権だったんだ」

「ええ、そうかもしれません」あいまいに執事は言った。「いずれにせよ、それを手にされていました。『それにしても、これを見つけるのは大変だったわ』と彼女はおっしゃいました。私は言いました。『お嬢様、警察の捜査が終るまで、こちらの書斎から物を持ち出さない方が――』、

『警察なんてどうでもいいじゃない』と、お嬢様はおっしゃいました。本当にそう言われたのです——警察などどうでもいい、と」

「本気で、どうでもいいと思っているんだよ」とピーターは言うと、邸を去った。最後の望みは、全ての港を封鎖して彼らの出国を阻むしかない。しかし、ピーターが多くの眠れない夜を過ごす原因を作った、予測不能のあの女性を捕まえようという試みが上手くいくとは、それほど期待していなかった。

二か月後、ピーター・ドーズは南アメリカの切手のついた手紙を受け取った。ジョイス・スティールからの手紙だった。

大変な騒ぎに巻きこんだことを、とても心苦しく思っています。しかも最初から最後まで、私は自分のものを取り戻すために法を犯していたのですから、全くばかげた話でした。私がフォー・スクエア・ジェーンだったのは真実です。現在はフォー・スクエア・ジェーンから足を洗ったのも真実で、これからは罪を犯すことなく生きていくつもりです！　それからドーズさん、私を捕まえようとした刑事はいたけど、あなたは他の方よりもかなり優秀でした。私は夫と、非常に快く私たちの多くの計画に手を貸してくれた友人二人とともに、南アメリカに来ましたが、彼らは遠くに移住しました。その二人はとても良い人たちなのですが、犯罪人生を送ってきたため、残念ながら、今更それを変えるつもりはないようですし、私は犯罪にはまるで心を惹かれないです。過去に起ったことで、理解できず、なぜそうなったのかあれこれ不思議に思われることも多々あると思います。例えば、なぜ私はフランシス・クレイソープという、どうしようもない男と教会で式をするのに同意したのか？　一つは私は、結婚を済ませた後だったこともあり、犯罪歴に重婚罪が加わったところで、今更どうでもいいと思えたのです。そしてもう一つは、ある不測の事態が起るようきちんと準備していたので、式は中断されると予めわかっていたのもあります。クレイソープ卿から値の張る結婚祝いを期待していたのですが、そちらは残念な結果でしたけど。でも、卿の多くの友人から、価値のあるプレゼントを多々もらい、それにはジェイミソンも私も深く感謝しています。ところで、ルインスタイン邸で私を診察した医師に扮したのはジェイミソンだったのよ。彼は私の右腕、そして最愛の共犯者でいてくれました。私たちが南アメリカの生活に飽きる日が来れば、ロンドンでまたお会いするかもしれませんね、ドーズさん。その頃には、私たちのしたことにも少しは同情して、その考えを上の方々にも説いて下さっているかもわかりません。私はとても幸せにしています。うちの母にもそう伝えて頂けますか？　そう聞いても母は喜ばないとは思いますけど。母はそういう種類の人間ではないのです。

フォー・スクエア・ジェーンとして行動を起こすアイディアは、昔うちにいたジェーン・ブリグロウという名の使用人から、彼女が好きだった小説の登場人物の勇敢な冒険物語を聞いたことから思いつきました。でも『ジェーン』という呼び名は間違いだったのよ。『J』はジョイスの『J』だったのです。休暇を取ることがあったら、私たちのところに遊びにいらっしゃらない？　喜んでおもてなしします。

手紙の追伸の一文には、ピーターも皮肉な笑顔を浮かべるしかなかった。

追伸　タバコは自分用をご持参下さいね。

三姉妹の大いなる報酬

主要登場人物

ジョーダン・ヨーマン……………………………………野生リンゴ農場経営者
ジョージーナ（ジョージー）……………………………ジョーダンの長女。戯曲作家志望
ジョセフィン（ジョー）…………………………………ジョーダンの次女。勝気で女らしさに欠ける
ヘレン……………………………………………………ジョーダンの三女。熱心なクリスチャン
シセロ・ジョーンズ………………………………………劇場上演作を選ぶ脚本読み担当者
アーネスト・チャールズ・ダウリング（チンキー）……ヨーマン家の隣人
ギャレット＝モーペス……………………………………劇場支配人

第一章　やり手の娘

「ねえ、ジョーダン」ジョセフィンは考えるように自分の口をつまみ、少し籠った声で言った。

「なんで妻を捨《デザート》てる男が多いの？」

食事室にかけられている、模様がプリントされた厚手の木綿《クレトン》カーテンにピンで留められたチラシにしかめっ面を向ける。チラシの大部分を占める人々の顔が、しかめっ面で見つめ返してきた。描かれたしかめっ面の男たちは、責任感などというものには目を瞑り、盗みの罪を犯して、法の手を煩わせる運命にある者たちだ。

ジョーダンはなにも言わなかった。そもそも彼は、ジョセフィンの恐ろしげな捜査活動には興味がないし、食事室のカーテンを悪党の展示会場にされることに異を唱えるのは、ずいぶん前から諦めていた。逃亡者、窃盗犯、泥棒、押し入りなどの指名手配の展示にも慣れた今では時折、朝食の席で殺人犯の似顔絵を前にしようとも平然としていられるようになった。それに——

「ジョーダン、ジョーダン！　眠らないで！」

ジョーダン・ヨーマンは、ばつが悪そうに白髪をくしゃくしゃにした。

「眠ってなんていないよ、ジョセフィン。本当に話は、一言逃さず聞いていたよ。妻がデザートを食べるとかいう話をしていたんだろう」

「そんな話してないわよ」厳しい声で娘は言った。「やっぱり寝てたんでしょ！」

「そうかもしれん」ヨーマン氏は素直に認め、欠伸をした。「ジョージーナはどこだ？」

ジョセフィンは決然と顎を上げた。お決まりの質問をするジョーダンの癖を治させないと。彼はジョージーナの居所にはまるで興味がないわけだし、あったとしても、彼女が屋根裏に籠り、はねたインクが付着した髪をくしゃくしゃにしながら新作の戯曲に取り組んでいるのは知っているはずだった。ジョージーナは毎週新たな戯曲執筆にとりかかる。完成させることもあった。しかし無駄な努力に終ることの方が多かった。

「ヘレンはどこだ？」ジョーダンはのんびりと諦めずに質問をしながら、奥行きのある椅子にもっとも座り心地良い姿勢で腰を落ちつけた。

ジョセフィンは返事をしなかった。三十分前に彼が庭でヘレンとしゃべっていたのは、もちろんわかっていた。几帳面なヘレンがいつものやり方で、うんざり顔のジョーダンに農業の化学について説いているのを目でも耳でも確認したからだった。ヘレンは聖マーガレット学院の農業クラスで一位だったのだ。

ジョセフィンは陳列した人相書きに上《うわ》の空で目を向けた。こんなコレクションではスリルさえ味わえないし、見込みだってないに等しいことをしぶしぶ認める。報奨金は微々たるものだったし、警察が情報を求める男たちは面白みに欠ける人間ばかりだ。

ジョセフィンには弱みがあった。信じられないような報奨金が掛けられた大物犯罪者が、彼女の前に現われる日がいつか訪れると確信しているのだ。男は背が低くて、体力的には彼女よりも劣っているだろうと想像した。他のリハーサルの合間にヘレンの手を借りて、いざというときの細かい手順を練習するのだった。

聖マーガレット学院通学中も運動の勘が育たなかったヘレンは、三度目の練習の後、父に猛烈な抗議をした。

「お父様。私、ジョセフィンの手伝いをしたいのは山々ですけど、日に三度も跪いて苛められるうえに、台所に足を踏み入れる度に汚い布巾で猿ぐつわをされるというのは、あまりにも思いやりがないと思うの。それに痛いのよ——跪くのは」

「そうかい、どこで跪くんだい？」ジョーダンは興味もなさそうに訊ねた。

「この話はしたくないわ、お父様」これ以上の質問は受けつけないという口調でヘレンは言った。

ジョセフィンはテーブルに来ると、い草編みの椅子を引き、しんどそうに家計簿の話をはじめた。

彼らは、居心地のよい野生リンゴ農場でも一番綺麗な部屋にいた。広々として風通しも良く、甘い香りの漂う部屋の調度品を選んだ男女は、二世紀前に亡くなっている。開かれた大きな窓越しに、散りばめられた真紅と濃い赤紫色に金と青が混じる庭の一画が見える。向こうには傾斜した草地と、川の流れの銀色の輝きがちらりと見えた。

ジョセフィンは可愛いのに、ジョージーナ以外、そう指摘する者はいなかった。ジョセフィン自身、詩人のジョージーナは大げさな表現に偏りがちだから、とその誉め言葉をあっさりと無視した。

聖マーガレット学院で科学教育の一貫として人相学も「学んだ」ヘレンに言わせれば、ジョセフィンは鼻が短すぎ、顎が角張りすぎているという。そして、金褐色の髪と、ジョセフィン独特の灰色が軽く混じった目の色の組み合わせは「あわない」と主張するのだった。

ヘレンは欠点を姉に説明するのは自分の努めだと思っていた。ジョセフィンは笑ってキスをすると、彼女のことを「獅子鼻の爬虫類さん」と呼んで、洋酒と脂《スエット》でつけた果物の入ったミンスパイで追い払った。聖マーガレット学院で衛生法を学んだヘレンは、パイなどの焼き菓子類の肌への影響について正確な知識があったため、それを豚小屋に捨てに行き、そこでは衛生には無関心なものの、温かいミンスパイの美味しさを知る雌豚《レディ》から大いに感謝された。

六月だというのに、直火の大きな暖炉には薪が燃え、その前でジョーダン・ヨーマンがうとうととまどろむ間、有能な彼の娘は穀類とまぐさの計算に取り組んだ。

「ジョーダンったら、ぬくぬくしちゃって！　ローストになってしまわないかしら。ねえ、ジョーダン！」

「今度はなんだい？」彼は不満そうに言った。「忌々しいあの牛のせいで、昨晩は満足に眠れなかったんだ」

ジョセフィンはきれいに並びそろった白い歯を見せて微笑んだ。

「お陰で牛は無事に生き延びた」彼女は言った。「二部屋貸しに出す話、考えてくれた？」

ジョーダンは居心地悪そうに姿勢を変えた。

「気に入らんな。例え夏季限定だとしても、下宿人をおくというのは。下品だとは思わないかい、ジョー？　ヘレンが言うには――」

「ヘレンたら、余計なこと言うんだから！」彼女は落ちついて答えた。「あの子は新しいパーティー用ドレスを欲しがっているの。私たちみんな、新しい服を必要としているのに銀行にはお金が一ポンドもないのよ」

ジョーダンは、いやいやシャワーを浴びさせられているみたいに肩をくねらせた。

「もちろん、客を泊めたからといって、わが家の品位に傷がつくことはないわけだが」ジョーダンは認めた。「大金持ちのサフォード家では、毎年客を招いているわけだし。正直気に入らんがお前の言う通り、経済的にはきつい状況だしなあ」

「お金の方も、野生リンゴ農場に来る代わりにきっと、どこかで酔っぱらっているのよ」ジョセフィンはずけずけと言った。「承知するわよね？」

「うむ、そうだな。できれば未婚女性か、でなければ――」

「安心して」途中で娘に言葉を遮られた。「下宿人はもう見つけたから」

ジョーダンは突然、背を伸ばした。「なんだって！　ジョー、お前はなんというやり手なんだ。そうとしか言い様がないな。いやはや。ヘレンによれば――」

「あの子は考えることは得意なのよね」あきらめのため息をつきながら、ジョセフィンは言った。

ジョーダン・ヨーマンは農場主といっても、趣味でやっているようなものだった。主体的に農業を選んだのではなく、この職業に選ばれた形といえる。父から継いだこの農場は、一八六〇年代のウエザビー銀行倒産後の破滅を逃れ、唯一残された財産だ。この農場が繁盛するも停滞するも、歴代の管理人の知力とやる気にかかっている。現在は、ジョーダン自ら管理人を務めていた。人生を穏やかな流れとみなす彼は、流れへ身を任せることに満足していた。

「どうせなんとかなるんだから」パイプに手をのばし、中身を詰める。

「ミック！」ジョセフィンは鋭く答えた。

「ミックって誰のことだい？」驚いてジョーダンは訊ねた。

「ミコーバー（チャールズ・ディケンズの『デヴィッド・コッパーフィールド』に登場する、楽天的な人物）みたい！」

ジョーダンは軽く笑うと、ゆっくりと慎重な手つきでパイプに火をつけた。

「お前は子どもの頃から、白髪頭の老人への敬意を忘れない子だったからなあ、ジョー。しかし、躾に厳しい父親だったら、人生、今の半分の楽しみもなかっただろうねえ。娘に名前で呼ばれる父親なんて普通じゃないと司教はお考えだし、お前たちがそうするのを耳にした司教夫人は言葉に詰まっていたよ」

「言葉に詰まったままでいてくれればいいのに」ジョセフィンは無慈悲にも言った。

彼女は椅子の背に寄りかかると、ペンの端をかじり、苛立たしげに自分の計算結果へ目を向けた。

「ねえ、ジョーダン」ジョセフィンはのろのろと言った。「このままじゃ赤字は免れないわ！こうなったら永遠の破滅からうちを救ってくれるのは、もう『偉大なるジョーンズ』しかいない」

「は?」

「『偉大なるジョーンズ』だってば」娘はもう一度言った。「下宿人を住まわせれば助けにはなるけど、貢献度となれば焼け石に水程度でしょ。『偉大なるジョーンズ』、または大量の血に塗《まみ》れ、報奨金をたんまり賭けられた、立派な優良殺人犯が必要なの」

ジョーダンはフンッ、と鼻を鳴らした。

「ジョージーナは、まだそんなことを言っているのか」彼は咎めるように言った。「あの子の戯曲執筆が、小さな我が家にとって健全かどうか自信が持てんよ。『偉大なるジョーンズ』というのが新作の題名なのかい? それから、これだけは言っておくよ、ジョセフィン」本気なのを強調するために、深みのある椅子から懸命に背を伸ばそうとする。「金輪際ジョージーナのリハーサルには、断固として参加せんからな! 絶対に」

「好きにすればいいわ、ジョーダン」ジョセフィンはきっぱりと言った。そして彼女は思いついた。「下宿人が参加するのもありかもしれない。ジョージーナに提案しなくちゃ」

第二章　やさしい性格

劇場支配人のギャレット＝モーペス氏は少なからぬ財産と影響力を持っていたが、外見からは魔性のその職業を見破るのは難しい。がっしりとした体、頭は禿げあがり、温和な顔つきで極めて腰が低く、上品な大きさの磨かれた黒のパイプを吸う。

そのパイプは今、書きもの用のテーブルに置かれ、モーペス自身は舞台模型の前に立ち、電話が鳴ったときには軽く口笛を吹いていた。他の者はいなかったため、電話も自分で出るしかなかった。

「もしもし？　ミス・ステヴァリー、今は話はできんのです。二十人の人間に囲まれていて。舞台監督に言って下さい。いや、あなたのあの曲は復活させられませんな。劇中で他に役目がないことの、どこがまずいんです？　給料は貰っているんでしょう？　あれは良い曲だったって？　はあ！　あなたに対する扱いがなっとらん、とみんなが言っている？　ふむ！　噂になっていると？　通りに人だかりができているのを往きに目にしたな。一体どんな面白いことが起っているのかと思ったんだ。話があるならジャクソン氏のところに行って下さい」

ため息をつきながら受話器を置き、ベルを押すと、有能な秘書が帳簿を片手に姿を現した。

「舞台監督に、ミス・ステヴァリーが曲を復活させないなら辞めてやる、と言っている、と伝えてくれ。そう仕向けるようにと」

「つまり？」

「辞める方向で、だよ」モーペス氏は悲しげな、落ちついた口調で言った。「彼女とは六か月契約だったが、客の人気はさっぱりだ」手紙を一通投げてよこした。

「この男は、木曜に【美しき劇作品『クララ・ベル』】の一階前方の三席が欲しいそうだ。昨晩の収益結果はどこにある？」

秘書は、数字が走り書きされた印刷用紙を見つけた。

モーペス氏は、余白の多い末尾の総計を読んだ。

「そう、昨晩は七十名の客が入っていた。私自身そこにいたが、劇場の扉を開け忘れたのかと思ったよ」

秘書の女の子は忌わしき収益書を、膝の上の書類の束の上に加えた。

「冷えこむ天気のせいですよね？」

モーペス氏は乾いた笑い声を上げた。

「天気のせいだって？　あの作品がホッキョクグマでもリウマチになりそうなほど寒いからだよ！」

劇場監督の秘書をしていると、この手の悲劇には慣れっこだった。しかし、ギャレット＝モーペスは業界の誰よりも間違いの数は少なかったし、問題の作品が承認されたのは秘書が休暇に出ている間だったわけで……。

「制作に入る前に、ジョーンズ氏は目を通されたんですか？」好奇心から秘書は訊ねた。

モーペスは首を振った。

「いいや、読んでいない。読んでいたら、これが日の目を見ることはなかっただろう。芸術的な成功以上のものが望めないことは、最初からわかっていたんだ。友人を喜ばせるためにやったことだ。彼との友情は終ったよ。ジョーンズがいてくれたら！　彼ならボツにしただろうよ！　さっきの切符の件だな。彼には——一階前方席を四枚送ってやってくれ。それなら寂しくないだろう。『拝啓。「クララ・ベル」のストール席切符四枚を同封致します。この作品——ロマンチックなこの作品——は大変な人気を博しておりますため、これ以上の切符はご用意できません！』いや、ジョーンズなら劇に関して判断を誤ることは絶対しない」彼は陰気に言葉をつづけた。「これは返送してくれ」机から戯曲の原稿の束を摑んだ。「これと、これと、それも。それからこれも、それも」

「できがよくないんですね？」気の毒そうに秘書は訊ねた。

「この原稿が人間なら、レディにはなれないできだよ」モーペスは言うと、イライラしながら禿げた頭を擦った。「見込みがありそうなのはこれだけだ。『ミス・ジョージーナ・ヨーマン。野生リンゴ農場（かわいい名前だな）。セブン・コーナーズ。拝啓。お送り頂いた戯曲一本を拝読し、個人的には気に入りましたものの、更なる評価を求めることに致しました。本読みを担当しますシセロ・ジョーンズ氏の意見を求めたうえで、再度、ご連絡致します。敬具』云々と。これが彼女の手紙だ」

「署名はジョージ・ヨウと男の名前になっていませんか?」プロ的視線でさっと手紙に目を通すとミス・テミットは言った。

「彼女のペンネームだ。演劇関係者はどうして変な名前を使いたがるんだろうね? 慎み深さからかもしれないな。もっとも脚本家にそんな傾向はないようだが。体面もあるからだろう。これで全部だったと思う」

秘書は部屋を辞去して一秒もせずに戻って来て告げた。

「シセロ・ジョーンズさんがお見えです」

神経質な急ぎ足で入ってきたのは若い男で、鼈甲縁の眼鏡は若さを強調する効果があった。背が高く、いっそうすらりとして見える。学者のような眼鏡のせいで、劇作品専門家にはとても見えなかった。

「芸術家」と呼ぶには服装がこざっぱりとしすぎている。髪は短く切りそろえ、仕立ての良い服を着ていた。

モーペスは部屋を横切り、彼を迎えた。

「これはこれは――ちょうど君に会いたいと思っていたら」モーペスは机の方に手を向けた。

「まさしくご登場《ヴォアラ》とは!」

シセロ・ジョーンズの鼻に皺がよる。

「戯曲の話ですか?」ジョーンズは不快そうに訊ねた。

モーペスは頷いた。

「二作ある。良く書けていると思うんだ」

「なら買うんですね」ジョーンズはきっぱりと言った。「買って、一財産稼げばいい！」

「まずは君に目を通して欲しいんだが」劇場支配人は言いはじめた。

ジョーンズ氏は強く首を振った。

「一か月のあいだ劇とは関わるな――医者にそう命令されたんです」強調してジョーンズ氏はそう言った。「ぼくは現在ロンドンで上演される全ての作品を読んだんです。最高のものを見つけるのに六百本は目を通したんですよ。ノイローゼになった理由はわかりますよね？」

モーペスは心配になった。

「冗談はさておき、本当に病気なのか？」

青年は頷いた。

「ぼくは病気なんです。神経の方もこんな風だ！」彼は震える手を差し出してみせた。「すみません、モーペス。でもぼくには無理だ。田舎に行くことにしました」

「行き先は？」

「教えませんよ」シセロ・ジョーンズはきっぱりと言った。「のどかな田舎を、三角関係のもつれ話なんかで汚したくないんです」彼は嫌悪感一杯に原稿の一束を手に取った。「これ、誰が書いたんです。アメリカ原住民《マンダン族》ですか？」

「マンダン族だと！」モーペス氏は軽蔑したように言った。「そんな、まさか！　これは戯曲ですぞ——良く書けている、と個人的には思う。部分的な構成に素人臭い面もあるが、そんな欠点はすぐに直せるだろう。いや、これは新人作家の作品なのです」

ジョーンズの口が歪んだ。

「わかってますよ」皮肉っぽく彼は言った。「夫を捨てたわけを女が長々と独白する第一幕。夫の元に戻ることにした理由を長々と独白する第二幕。妻が戻るのを許さないわけを夫が長々と独白するのが第三幕。青のスポットライトに照らされた、ふたりの死体が横たわっているシーンで幕、というんでしょう!」

モーペス氏は微笑んだ。

「違うね! 片方はどたばたコメディで——」

ジョーンズは、そんな説明を手を振って遮った。

「きっとこんな話でしょう——言われなくてもわかります。夫が女の子をディナーに誘い、他の男と一緒にいる妻と鉢合わせする。第二幕では独身男のフラットで——」

「目を通してくれるんだろうね?」機嫌を取るようにモーペスは言ったが、ジョーンズは座っていた椅子から飛びあがった。

「断固としてお断りします!」

彼の猛烈な拒否に合わせるようにして、電話のベルが鳴った。ふだんのモーペス氏ならば、気性の激しい女優に話を中断されるのは好まなかったが、この場合は例外だった。

「もしもーし、キティか。さあ、それはわかりませんな。個人的にはきみにぴったりだと思う役がある。劇中を通して舞台にいるし、各幕の最後まで登場するんだ。いや、この作品のことはまだ話せないのだ――ジョーンズが読むのを拒否していて――いや、彼はそう言って、今ここに座っているんだが。わかった。キティ・マジェスコだよ――きみに話があるそうだ」

モーペス氏は勝ち誇ったように微笑みながら、受話器を差し出した。シセロ・ジョーンズは、どうにもキティには弱い。

「誰とも話したくないんです」シセロは怒ったように言った。「しょうがないな、わかりましたよ！　もしもし、ミス・マジェスコ。どうも、おはようございます、ぼくは田舎に向かうところなんですよ。申し訳ないが、それは無理です。神経がズタズタになってしまって。ご自分で読まれたらどうですか？　ああ、そうか、舞台に乗せてみるまで、作品の全体像が見えないっていうんですね。ええ、そういう人は多いんですよ。しかしですね、ミス・マジェスコ。わかりました、キティと呼びましょう。ふむ、しょうがないな。はい、はい、わかりました。やさしい性格なのが、ぼくの欠点なんだ。やさしい性格って言ったんですよ！」彼は大声でわめいた。「さようなら！」受話器を叩きつけると、彼はモーペスを睨みつけた。

「まったくしょうがないな。ぼくは休暇が欲しいんだ」

「楽しんで読んでくれ」モーペス氏は笑顔で言った。

ジョーンズ氏は自分の懐疑をぶつぶつと呟いた。

「著者の本名は――」モーペス氏が言いかけると、ジョーンズは振り返った。

「この男の名前など、どうでもいいことには興味ありません」ジョーンズは激しい口調で言った。

「その男の性格だとか癖だとか、愛車の種類とか、ボルシェビキの政治思想に対する見解だとか、ぼくは興味がないんです。興味があるのは、二本のリンゴの木のあいだに吊るされたハンモックに、金鳳花《きんぽうげ》が点々と咲いた波打つ草原、頭上のコバルト色の空にふわふわの雲が浮かび、雲雀《ひばり》が青い――」

「舞台の背景画にぴったりだ」非情にもモーペス言った。「オーケストラによる雲雀の音響効果、響く遠雷。そこへ、手にした日よけ帽《ボンネット》を振りながら美しい村の娘が登場。『正午なのに若旦那様は村からお戻りにならないわ。あら、やっといらした。ラ、ラ、ラ～！』」

ジョーンズ氏はテーブルから原稿の束を手に取り、乱暴に鞄の中に突っ込んだ。

「こうやってぼくは殺されるんだ」彼は不吉な言葉を口にした。「ぼくが死んだらあなたのせいですよ。あなたのせいで休暇も台無しだ。あなたとあの――魅力的な女優のせいなんだ！　麦畑の風景を見る楽しみを奪って、あなたは満足でしょうよ。脚本がなんだ！　ジョージ・ヨウだと！　ジョージなんかに用はない！」

扉を叩きつけて彼が部屋を去ると、モーペス氏はジョーンズが消えて行ったそのドアをじっと見つめた。

「ジョージに用なしか！」そう言って首を振る。

普段は真面目一筋のジョーンズ氏が、不躾《ぶしつけ》な態度に出るとはなんとも珍しい。

第三章　手紙つきの花束

アーネスト・チャールズ・ダウリングは、下手ながらも詩を学んでいた。やや太目の体型をした青年は経済的に恵まれ、その所有地境界線はヨーマン氏の私有地最北端に茂る低木と接している。彼は趣味の農場主というわけではなく、ジェントルマンながら自らも農業に参加し、農場をいくつも所有していた。猛スピードが出せるレースカー、薔薇の手入れ、そして趣味の詩で、日中は心地よく、夜はワクワクして過ごした。花や空高く舞う鳥、流れる滝その他、詩的題材について詠むのだった。

ある日の午後、彼は車を野生りんご農場の中庭に停めると、ブラシを取り出し、たっぷりと時間を掛けてコートの埃を払い、髪を撫でつけた。後部座席から白い包みを手に取り、薔薇の花束の包み紙を慎重に取り除いて、ネクタイを真っ直ぐに直すと、台所に入って行った。表玄関から入れない理由はない。ダウリング氏は、いつも決まって搾乳場と台所経由で姿を見せることに喜びを感じるのだ。

ヨーマン家の大黒柱的存在であるマンブル夫人は、前屈みになって向かっていたパンこね台から背を伸ばし、眼鏡越しに慈愛に満ちた目を輝かせた。

「こんにちは、ダウリングさん」

チンキー・ダウリングは、ほぼテーブル全体を覆う小麦粉を避けて薔薇を置くと、深々と一度息を吸った。

「ミス・ヨーマンが戻ったら、これを渡してもらえますか?」彼は訊ねた。

チンキーの頭の中では、彼が訪問する時は、いつもジョージーナは「外出中」という設定になっていた。これは彼がふらりと台所に顔を出す理由でもあり、突然中座することになったときにも必ず使う言い訳だった。

「外出なんてしてませんよ!」マンブル夫人は愛想よく言った。「上の工房にいらっしゃいます」

「それを言うなら、書房じゃないかな」もごもごとチンキーは言った。

「書房って言うんですか? いつも間違っちまうんだ。お呼びしましょうか?」

緊張したチンキーはぎくりとした
「い、いや」遠慮して彼は言い、「花束に手紙を添えてあるから」とつけ加えた。

「除《よ》けておきましょうかね?」とマンブル夫人は見当違いなことを言う。

「いや、その必要はない」彼は強く言った。「そ、それが……ちょっとした詩なんです」

マンブル夫人は粉だらけの手を拭くと、驚きの眼差しで彼を見つめた。

「ご自分で書かれたんですか?」彼女は訊ねた。「おやまあ、賢いんですねえ。ダウリングさん!」

太目の青年は赤面した。

「いや、そんな——ミス・ヨーマンに比べればぼくなんか」

マンブル夫人は首を振った。

「ああ、でもお嬢さんは頭脳をお持ちだから」そう言ってから、これでは誉め言葉になっていないと思い、強調するようにこうつづけた。「あなたもきっと同じなんですよ、あたしなんかにはわからんですけどね。でも、ミス・ヨーマンときたら！　先週も新作の戯曲を書かれたんですよ」

「そうなんですか？」尊敬然りという口調でダウリング氏は訊ねた。

「そうなんですよ！」マンブル夫人が誇らしげに答える。「午前中、ジョゼフィンお嬢さんと一緒に自作をずっと練習してらしたんだから。驚くべきことですよ！　どうしたらあんなに書けるのか、あたしには想像もつきませんけどね。あたしゃ普通の人と同じように、何の変哲もないペンを使ってらっしゃるのに」

　ダウリング氏は、詩を書くのにも努力が必要だというようなことを、もごもごと言った。

「そうなんでしょうねえ」誠実なマンブル夫人は言った。「どうしたら辛抱強く詩なんかを書けるんだろうって、よく思うんですよ。でも他のことと同じで、これも習慣なんでしょうねえ」

　その瞬間、チンキーは耳慣れた声を聞いた気がした。

「そうかもしれません。それじゃあ、ミス・ヨーマンに花を渡してもらえますか？」いつでも逃げられるよう、彼は頼んでおいた。

「もちろんですよ」

「えっと、手紙が添えてあることも伝えてください。詩だっていうことは言わなくていいですから」

マンブル夫人は咎めるような目つきでダウリング氏を見た。

「ダウリングさん、お嬢さんが読まないよう仕向けるなんて、あたしはしませんよ」

いつでも逃げられるようにしながらも、彼はぐずぐずと帰ろうとしないので、マンブル夫人は大好きな話題をつづけた。

「ジョージーナお嬢さんのお芝居ったらね！　復活祭に書かれた作品。あれにはあたし、泣きましたよ――本当に。母子のお話でね！　悲しい気分が一週間抜けなかったですよ。あんなに楽しかったのは人生はじめてでしたね」矛盾しつつも、彼女は付け加えた。

舞台で上演される日も近いだろう、とチンキーが大胆な予想を口にすると、夫人もそれに同意した。

「そうなってもあたしは全然驚きませんよ」マンブル夫人は果敢にも言った。「びっくりするようなことが起るのを、あたしはこれまで目にしてきましたからね。うちの人が気球から落ちて死ぬだなんて、誰も想像しませんでしたよ。そうなるって人から言われても笑い飛ばしたでしょうよ！」

チンキーは不安げな表情で夫人を見た。見た目は親切そうな人なのに。

「ジョージーナお嬢さんにどんなことが起ろうと、あたしは驚きません」マンブル夫人は言った。「玉の輿に乗っても不思議じゃないですよ、あのお嬢さんなら」

「そ、そうですね」青年は熱のない声で同意した。

「そのためには、ここから出ないとだめですけどね。この村で選べって言われてもって思うでしょう、ダウリングさん？　安っぽい男と、取るに足らない人間しかいないんですから！」

ドアが開き、ジョーダン・ヨーマンが大股で入ってきた。

「やあ、チンキー。マンブル夫人にパイ作りでも教わっているのかな？」

チンキーは見つかってばつが悪いうえに逃げ道を塞がれてしまったのを察し、神のように崇めるジョージーナと顔を合わさざるを得ない状況に追いこまれるかもしれないと思い、青ざめた。

「食事室にこないか」ジョーダンは言った。「娘たちはどこにいる。うちの子たちを見たかね、アーネスト？」

「いえ――、ぼくはちょっと顔だしに来ただけですので！　そ、それに、他の約束が――」

「ジョージーナお嬢さんは書房ですよ、旦那様」マンブル夫人は言った。「ヘレンお嬢さんは庭に、ジョセフィンお嬢さんは新しい紳士のために部屋を準備してます」

ジョーダンは頷いた。

「下宿人用の、か？」

「下宿人？」チンキーは動揺して息を呑んだ。ジョーダンは彼の腕を取り、広い食事室に案内した。

「そうだ。うちの娘たちが、夏のあいだ二部屋も空室にしておくなんてもったいないと言い、新聞に広告を出したのだ――こんな感じでな。『美しい歴史的農家、電気つき、云々』とね」

チンキーは額に滲む汗を拭った。

「そ、そうなんですか。でも——そんなの気に入らないんじゃないですか、ヨーマンさん？」

ジョーダンは肩をすくめた。

「わしか？　うちの娘たちが満足ならそれでいい。それよりも、これであの娘たちが小銭を持てるなら嬉しいと思ってな。わがままの過ぎない客だという前提だが」

「ちょっと危なくないですか？」動揺して青年は訊ねた。「赤の他人を泊めるだなんて」

ジョーダンは笑う。

「娘を誘惑しないか心配だっていうのかな？　ジョージーナは戯曲執筆で頭がいっぱいだし、ジョセフィンを誘惑する度胸のある男がいるなら、こっちが会ってみたいよ。それからヘレンだが、あの娘なら相手の男を凍え死にさせてしまうだろうよ！」

「もちろん、その男はかなりの年寄りかもしれませんね」

「いや、それが割と若いらしい」ジョーダンは言った。「銀行から人物照会状をもらったが、非常に満足のいくものだった。きみ、一緒にお茶をいかがかな？」ジョーダンが訊ねたところ、ちょうどマンブル夫人が盆を手にせかせかと入ってきた。

「いいえ。薔薇を渡すために寄っただけですので——その、ミス・ジョージーナのために」

「手紙つきなんですよ」マンブル夫人がわざわざつけたした。

「ええ、もちろん手紙つきです」チンキーは急いで言った。「ジョージーナは新作の戯曲を書いているんですか？」

「ああ、どうもそうらしいよ、チンキー」ヨーマン氏は無頓着に言った。「ジョージーナが書きものをしていないときなど思い出せないよ。芝居の稽古に駆り出されなければ、戯曲執筆も結構と言うところなのだがなあ。もちろん、参加に駆り立てに来るのはジョセフィンだが」

「ミス・ジョセフィンは少々――威圧的なところがあるというか」チンキーが言った。彼にはそう思う理由があり、ジョーダン・ヨーマンは目を輝かせた。

「おや、きみもジョセフィンに苛められた口か？」

「旦那様、あたしはですね」決まりの悪い場面に、マンブル夫人が青年に助け舟を出した。「ジョセフィンお嬢さんの言葉使いが不満なんですよ」

ジョーダンは笑顔になった。ジョセフィンの粗っぽい言葉使いを、内心では楽しんでいるのだ。

「あの子は生まれつきのああいう性分なんだよ、マンブル夫人。なにせ亡くなったうちの母からして、勇ましくも悪態をついていたのだから！　本当の話だ。揺りかごに揺られていた頃からそうだったという話だが、それは素晴らしい女性だった。うちの家系の特徴なんだよ。先祖にはジョージ三世に地獄へ落ちろと罵って、爵位をもらった人もいる。いや爵位じゃなくて、縛り首になったのかな。どちらにせよ、そのご先祖さまは冒瀆的な言葉で有名だったわけだ。ああ、ジョージーナが来るぞ」階段を降りる足音に、ジョーダンは突然言った。

チンキーは急いで帽子を手に取った。

「ぼくはこれで失礼します。さようなら、ヨーマンさん」

「一緒にお茶を飲んでいきなさい」ジョーダンは勧めた。「ジョージーナに会って、直接花束を手渡せばいい」

「手紙もね」親切にマンブル夫人がつけ加えた。

「いえ、結構です。もう帰らないといけませんので。さ、さようならっ」

ジョージーナが来る前にチンキーは部屋を出ると、既に中庭へ向かっていた。

第四章　狙うは重要指名手配犯

髪はぼさぼさ、歩き方も妙に男っぽいが、ヨーマン家で一番の器量良しはジョージーナというのが皆の一致した意見だった。彼女はインクで汚れた手を父に向けて振った。

「マンブルさん。今、アーネスト・チャールズの声がしなかった？」

「ええ、そうなんですよ。この花束をお嬢さんに持っていらしたんですよ」ジョージーナは薔薇の花束を手に取った。

「まあ、素敵！」

「手紙もついてるって噂ですよ」マンブル夫人は低い声で囁くと、謎めいた合図を送ってみせた。

「ヘレンはどこだ？」窓辺に立つジョージーナが訊ねた。

「庭で自然に親しんでいるわ。あの子はうちの家族としては真面目すぎるんだから。ヘレン、ヘレン！」甲高い声でジョージーナが呼ぶと、ヘレン・ヨーマンが几帳面な声で返事をした。

ヘレンは痩せて背が高い。白く広い額が見えるよう髪をなで上げ、きっちりと後ろで三つ編みにしてある。女学生風のワンピースのスカートも謹厳な長さに保たれ、手入れの行き届いた靴のつま先から、黒いリボンをした髪の先まで、彼女は礼儀正しさの権化だった（ジョセフィン曰く

「ヘレンは子どもの頃から、手を洗わずに食事に現われたこともなければ、靴下にだって穴を開けたりもしない。超人としか言いようがないわよ、あの子は」なのだ)。

ヘレンは、お気に入りの椅子に座るジョーダンの元に歩み寄ると、彼の額に悠然とキスをして、脇にある足置きに腰を下ろした。

「ジョーダン。私、戯曲を書き終わったのよ」ジョージーナが言った。

「そうか、そうか。きっと素晴らしい作品なんだろうね!」

「それが素敵な話なんだ!」謙遜の欠片もなくジョージーナは言った。「ジョセフィンに言わせれば——あら、本人から聞いた方がいいわよね」

そのとき、ジョセフィンが大きな音と共に、半分抑えるような声で言いながら姿を現した。

「階段にあの忌々《いまいま》し……湿った布を置いたのは誰よ?」険悪な調子で彼女は迫った。「アーネスト・チャールズの甘美なる声が聞こえた気がしたけど、私の空耳かしら?」

「チンキーのことは放っておいてちょうだい」ジョージーナは言った。「花束を持って来てくれたんだから」

「あら、ジョーダン。市場には行ったの?」

彼は頷いた。

「ああ」

「なにか売れた?」

「いや」ジョーダンは居心地悪そうに言った。

「銀行の人とは会ったわけ？」容赦ないジョセフィンは質問の手を緩めようとしなかった。

「会ったよ」反抗するように父親は言った。「当座借越については理解を示してくれた」彼は手を下ろしヘレンの頭を撫でた。

「増やしてくれるわけ？」ジョセフィンは突き詰めるように言った。

ヘレンが咎めるような表情で顔を上げた。

「そんな風にお父様を心配させるべきじゃないと思うの」彼女は言った。「すごくお疲れなんでしょう、パパ？」

ジョセフィンは危うく声をあげそうになりながら、皮肉な笑みを浮かべた。

「あらあら、ヘレンを見なさいよ」ジョセフィンは冷やかした。「次のインスピレーションになるわよ、ジョージー！　没落した父の足元に跪き――その手を撫でる汚れなき子ども。意地悪な姉たちを悲しみを湛えた目で見上げるの図よ！」

「ヘレンのことは放っておきなさい」ジョーダンは機嫌よく言った。

「私、他人のことを放っておけない性質《たち》なのよ、ジョーダン――特に今日はね。下宿人が来る日なんだから」ジョセフィンの芝居がかった口調も、大げさな態度も、ヘレンに言わせればバカバカしく見えた。

「私、『下宿人』という呼び方は好きになれないわ。『有料のお客様』というのはどう、ジョセフィン？」ヘレンは真面目な顔で訊ねた。

「まだお金を貰っていないんだから」現実的な考えをするジョセフィンは言った。「土曜日までは『下宿人』でいいの」

ジョーダンの表情が曇った。

「客がお前たちを面倒に巻きこむようなことにならないといいのだが」ジョーダンが言うと、それにはジョセフィンも同意した。

「そうよね、その方が客のためだもの。面倒を起こしたら――私が放り出してやる！」

「その言葉使い」ブツブツとヘレンが言った。

「なんて言えば気が済むの、天使ちゃん――『押し出す』がいい？」

「聖マーガレット学院では」ヘレンは静かに言った。「俗語を使う子には、私が罰金を課していました。実はレップリー先生から、私が風紀委員長になって以来、学校の雰囲気が大いに改善されたと言われたのよ」

「それでよく眠れるわね。なにか手紙は来た？」

「今日は郵便はまだよ」

「今朝、なにか予定でもあったかな？」ジョーダンが訊ねた。

「なんでもない、郵便がどうなったかと思って。『旅人たち』を気に入ってもらえたのかしら？」

「支配人に届いて、まだ一年程度じゃない」皮肉っぽいジョセフィンは言った。

「悪いけど」ヘレンが口をはさんだ。「あれが認められるとは、私には思えないわ！」

「なんでよ？」ジョセフィンは手を腰にあて、懐疑的な妹を睨みながら詰め寄る。

「あまりにも暴力的――それに言葉使いも強すぎる作品だからよ。そう思うでしょ、パパ？」ジヨーダンは、どうしようもない、という風に手を振った。

「パパの意見なんてどうでもいいんだよ。ヘレン、お前は古風な子だね。かなり良くできていると思ったし、最新作はとても面白かった。読みながら大声で笑ったよ。題はなんといったか——『さまよえし者』だったかな?」

ジョージーナはがっかりした表情になった。

「あれは悲劇のはずよ、ジョーダン」険しい声でジョセフィンは言った。

「ああ、そうなのかい?」父親は弱々しく言った。「つい間違えてしまうもんだから」

「でも」ジョセフィンは言った。「『さまよえし者』は絶対、偉大なるジョーンズに回してもらえると、私は思うな」

「誰だって? その名前は前にもきいたかな? 戯曲の題かと思っていたが」

「偉大なるジョーンズのことを知らないの?」驚いてジョセフィンは訊ねた。「ロンドンの大劇場で上演される戯曲の本読みは全て、彼がしているのよ」

「本読み?」

ジョージーナが説明した。

「舞台に乗せる前に、必ず専門家が戯曲に目を通すのを知らないの? 支配人は戯曲のことなんて理解しないんだから! 本読みをする専門の人を雇うのよ」

霧がかかったように混乱したヨーマン氏の脳裏に、一条の光が射した。

「なるほど。それがジョーンズというわけか。彼が『偉大なる』と呼ばれるのはどういうわけかな?」

「だって、そうじゃない?」ジョセフィンはせっかちに言った。「彼が脚本を認めれば、批評家の意見なんて関係ないんだから。でも、彼にダメだと言われてしまえば――」ジョセフィンが大げさに親指を下におろしてみせると、ヘレンはショックで目を閉じた。

「お茶の時間よ」マンブル夫人がティーポットを手に入って来たのでジョセフィンは言った。

「ねえジョーダン、お茶の後につきあって欲しいことがあるから、さっさと飲んでね!」

「ふう、今日は何役をやらされるのかな?」ジョーダンの表情が変わる。

「サー・ミルフォード・スカーバラよ」ジョセフィンがてきぱきと言った。

「悪役の名前のような――」

「腐った奴なの」とジョセフィンは認めた。

父の右手に腰掛けるヘレンは、深いため息をつく。

「その表現、聖マーガレット学院では禁句のひとつだったのよ、パパ。私は風紀委員に言うものでした――」

「委員の子たち、あなたの卒業時には涙したでしょうね、ヘレン」ジョージーナが言った。

「別れを惜しまれたわ」ヘレンの声は満足げだった。

「小悪魔たちったら、猫かぶりなんだから!」

「新たな報奨は出たのかい、ジョー?」ヨーマン氏が如才なく訊ねると、ジョセフィンは勢いよく立ちあがった。

「そうなの。今朝、『警察公報』を受け取ったんだ」

ジョセフィンは飛ぶように部屋を横切り、二階に消えた。

「すごく馬鹿げていると思うんだけど、パパ、そうじゃない?」ヘレンが訊ねても、慎重な性格のヨーマン氏はなにも言わなかった。ある意味、多くの点で彼と性格の似ているジョセフィンは、この奇怪な趣味に没頭しているとき、他のどんなときよりも父に近づくのだった。

「どこからかお金を手に入れないといけないわ、ジョーダン」長女のジョージーナが言った。

「私の戯曲で既に少なくとも十万ポンドは稼いでる予定だったんだけど。『バグダッドの星』は一財産稼いだんですって。支配人は、毎週金曜の午後に新車を買うって噂なんだから! それにジョーが報奨金を稼ぐかもしれない。頑張ればなんでも手に入るんだから。——ジャムを渡してちょうだい、エヴァンジェリン」

ヘレンが、つと顔を上げた。

「ちゃんと私の本名で呼ばないなら、ジャムは渡しません」つんとしてヘレンは言った。

歌をうたうぞ、とジョーダンは二人を脅した。言い争いをなだめ、喧嘩を収めるのには、これが一番効果的な方法なのだ。この脅しを実行したのは、たったの一度のみ。姉妹たちは未だにそれを覚えていた。

「それで、誰なんだい?」ジョセフィンが公報を手に階段を駆け下りてくると、ジョーダンは訊ねた。「妻と七人の子を路頭に迷わせた男かな、それとも宝石泥棒容疑者かな?」

「違うわ」ジョセフィンは言った。「報奨金は二千ポンド。聞いて。『重要指名手配。ジョン・フ

187　三姉妹の大いなる報酬

ランクリン容疑者、二十五歳。中背、黒髪、目は灰色、髭無し、長めの顔、べっ甲縁の眼鏡をかけている可能性高し。無愛想、無口だが、教養を感じさせる口ぶり。第九国立銀行より盗まれた大量の債権を所持している可能性あり。陸路で西方に向かう可能性、非常に高し。数カ国後を操る。顎を撫でる癖があり、神経衰弱を患っているか回復中のふりをすることが多い。上記報奨金は逃亡犯逮捕及び、有罪判決後に銀行より支払われる』」

「二千ポンドか！」ジョーダンは考え込むように言った。

「西に逃走中！」ジョージーナの目が輝いた。「素晴らしくドラマチックな状況じゃない！」

ヘレンの反応はかなり違っていた。

「可哀想な人！　野生動物みたいに人間が追跡されるなんて悲しいことだわ。この人だって、きちんとした家庭に育っていれば――」

「そして、きちんとした家庭にお育ちになった手本がここに！」ジョセフィンは言った。

「この男の人の安全を祈る、気の毒な女性のことを、私は思っているだけです」ヘレンは静かに言い返した。

「この男を捕獲できますように、と祈る気の毒な私のことはどうなるわけ？」ジョセフィンは妹に迫った。「ジョーダン、私たちお金を見つけなくちゃ。お金持ってない？」

「ほんの僅かな額だけだよ」ジョーダンは言った。「明日は酪農協会から小切手を貰ってこよう。早急に必要なのかい？」

ジョセフィンは頷いた。本当は昨晩、ジョーダンと話をするつもりだったのだ。

「マンブルの給料日が迫っているから」彼女は言った。「それにヘレンは新しい下着が欲しいんですって」

「ちょっと！」怒ってヘレンは言った。

「あら、欲しいんでしょ？」

「パパに話すようなことじゃないと思うわ」

「知ってた、ヘレンたら――」

ジョーダンは言葉を遮った。

「ジョー、そんな明け透けな話をするもんじゃないよ。土曜日までにはいくらか用意するから」

「きっと逃亡者のジョン・フランクリンが姿を現してくれるわよ」ヘレンが馬鹿にするように言った。

「あんたの下着の状態を知ったら、彼は私の腕に飛び込んでくるわね」ジョセフィンが言い返した。「ジョーンズ氏に先払いしろとは言えないし」

「ジョーンズ！　青年下宿人のこと？」家庭内の細々したことにはほとんど興味を示さないジョージーナが訊ねた。「かのジョーンズ氏の知り合いだったりして？」

「みんな親戚なのよ」ジョセフィンは言ってみた。「旧約聖書の預言者ヨナの末裔でね。なにかあったの、マンブル？」

マンブル夫人が悲しげな表情をしながら、卵を入れた籠を手に部屋へ入って来た。

「あの雌鶏《めんどり》ったら座ろうとしないんですよ、ヨーマンさん。もう座らないかと、あたしは思ったんです。それが一日は座ってくれたのに、今度は走るのに忙しくて」

「椅子の上に置きなさいよ、マンブルさん」ジョセフィンが言った。

「さて、それでヘレンお嬢さんのキャミソールはどうなりました？」二つの用事を同時に済ませるマンブル夫人に、ヘレンは体を強ばらせた。

「マンブルさんたら！」ヘレンは猛烈に抗議した。「たしなみってものを忘れたの？」

ジョセフィンは卵が置いてある椅子を指差して言った。

「そこにないか探してみれば？　そのことは後回しにしといて、マンブル、例の人が帰ったら審問会議を開くから。ヘレンったらすぐ興奮するんだから、抑えて。」

ジョージーナはナプキンを畳むと、ジョセフィンに向かって頷いた。二人は揃って立ちあがった。

「そろそろリハーサルの時間よね？」脚本家がはっきりと宣言すると、ジョーダンは小さくなった。

第五章　お茶の後のリハーサル

穏やかな日常を好む男としては、舞台に憧れる女が家族にいるのはある意味、不利であり不安材料であるとも言えた。「憧れ」という表現は、必ずしも二人に当てはまらないかもしれないが。ジョージーナが執筆する脚本、よく書けているとジョーダンには思えたが、所詮、彼は戯曲についても物書きについても、全く知識を持ち合わせていなかった。

しかし、脚本書きがいることの欠点といえば、迷惑度でも、ときには精神的苦痛となるという意味でも、ジョージーナのリハーサルに狩り出されるのをジョーダンは最も嫌っていた。ジョージーナは自作を必ず実演してみるうえに、常に新作を書いている。

「どうしても参加しなくちゃいけないのかな？　急いで食べると、必ず消化に響くんだがなあ」文句を言いつつも、ジョーダンは言われる通りにした。

「テーブルを隅に押すのを手伝ってよ、ジョーダン」父親は張り切る娘に言われた。「体を動かしたいでしょ」

繰り広げられる光景を興味深げに観察するマンブル夫人は、その場を去ろうとしない。

「あたしも入用ですか？」彼女は訊ねた。

ジョージーナは脚本を確認した。

「待って、何役だったかしら？」

「若き紳士を誘惑する、若い女性役でした」マンブル夫人は期待を込めて言った。

ジョージーナは首を振った。

「あれはコメディだったから。今回の『さまよえし者』はシリアスなドラマなんです、マンブルさん。あなたの出番はないわ」

女優は不満げにジャガイモの皮剝きをしに台所へ戻って行った。

空きスペースの準備ができた。食事室舞台演出のベテランであるジョセフィンは、該当シーンに合わせて家具を並び替えてから、ジョーダンの方を向いた。敬服すべきこの男は、気づかれないうちに自分の椅子を暖炉の近くに引き寄せると、見えない位置にこっそりと消えたのだった。

「ジョーダン！」ジョセフィンが鋭く呼ぶ。

しかし返事はない。

「ジョーダン！　ちくしょう、また昼寝してるのね！」

「ちょっと！」ヘレンがショックに息を呑んだ。

「はあ？」ジョセフィンはぴしゃりと言った。「今のは古典作品にある名言よ——ディケンズなんだから（『ピクウィック・クラブ』に登場する台詞）。ジョーダン！」

ジョーダンは、ハッと目を覚まし、不満げに言った。

「なにをすればいいんだ？」

「そこに座っていればよろしい」ジョセフィンは言った。「サー・ミルフォード・スカーバラ役ね」

「はあ」ジョージダンはよくわからずに言った。

ジョージーナが彼の髪をくしゃくしゃにした。

「セリフはほとんどないんだから、不満そうな顔しないで」そう言って、彼女は父親をなだめた。

全員準備は整った。脚本を膝に乗せ、ヨーマン氏は重々しく頷いた。

「はじめていいよ、ジョージー」

ジョージーナは階段の方に姿を消した。そして悲痛な面持ちで、居眠りをするジョージダンの方にゆっくりと歩み寄った。

「『私に対し、なにも言うことはない、と言うの？』」彼女はうつろな声で訊ねた。

ジョージダンは、特に言いたいことはないらしかった。

「ジョージダン、ほら、セリフ！」ジョセフィンが待ちきれないように急かした。

ジョージダンは目を瞬いた。

「え、ええっと――なんだって？」

「『私に対し、なにも言うことはない、と言うの？』」ジョージーナが繰り返すと、父は原稿をごそごそと探った。

「『なにもない』」ジョージダンは早口な一本調子で読んだ。「『おまえが自分で床を作ったのだ、これも自業自得と思うがよい、自業自――』ところで、昨晩、床を作ってくれたのは誰だったのかな、ジョー？」

ジョセフィンはどさりと椅子に座ると、苦悶のうめきをあげた。

「ただ、予備の毛布が掛けたままだったと言いたかっただけだよ」ジョーダンは急いで説明した。

「そんなむさくるしい話は、リハーサルが終わってからにしてくれない？」苛立つ舞台監督は迫るように言った。「芝居をつづけてちょうだい！」

「『私に対し、なにも言うことはない、と言うの？』」ジョージーナが三度目に繰り返して言った。

「『なにもない』」ジョーダンは読み上げた。「『おまえが自分で床を作ったのだ、これも自業自得さ！』」

「『そう、忠実に尽くしてきた報いがこれなのね』」悲劇的にしっかりと手を握り締め、ジョージーナが言った。「『あなたを愛していたからこそ故郷を離れ、友のもとを去り、仕事も諦めたのに！ それでもあなたは微笑むのね！ そんな風に堂々とした態度でそこに立ち、軽蔑の眼差しを私に向ける——あなたの目に潜む悪魔には見覚えがあるわ！ ああ！ 私はなんと愚かだったの！』」

ヘレンは身震いをした。

「また上品ぶって、と思うでしょうけど」ヘレンは言った。「でもこの作品は、汚い言葉がずいぶん多く出てくるのね。ジョージーナ、子ども連れの観客もいるかもしれないのをお忘れなく」

「もう、うるさいこと言わないでよ、ヘレン！ マチネー公演用には表現を和らげればいいでしょ。つづけてよ、ジョージーナ」

しかしジョージーナは、リハーサル継続を一旦諦めた。

「こんなにしょっちゅう邪魔が入るんじゃ、作品の感触が摑めないじゃないの。劇場支配人にどうアピールするか、どうしても確認したいのに」

「気に入る人はいないと思うの」ヘレンはまた言った。「聖マーガレット学院では、劇の汚い言葉使いや神を冒瀆する表現は、必ずカットするものでした」

「もう、聖マーガレット学院なんて、どうでもいいんだってば！」ジョセフィンが怒って言った。

「つづけてよ、ジョージーナ」

ジョージーナはもう一度、脚本を手に取った。

「『私ったらなんて愚かだったの――愚かだったわ！　でも用心するのね、ミルフォード・スカーバラ！　用心することね！　ふん！　驚いている！　痛いところをついたわけね！　そんな風にしかめっ面を向けなくてもいいのよ！　私はあなたのことなど怖くない。あなたのような人間が勝つなんて、神はお許しにならないもの！　笑うのね！』――ジョー、ここであなたの出番よ」

「あら、ほんとだ」

ジョセフィンは小声で謝りながら勢いよく立ちあがると、脚本で自分の役の位置を確認した。ほどなく彼女も階段から堂々と降りてくると、大げさに驚いてみせ、嫌悪感も露わに後ずさった。

「『レディ・ヴァイオレット！』」ジョージーナは息を呑んだ。

「『あなた、うちの夫とここでなにをしているのです？』」ジョセフィンは厳しい声で問い詰めた。

「『あなたの夫ですって、ははは！』」ジョージーナは嘲笑《あざわら》った。

ジョセフィンの両眉が吊り上がる。

「『その奇妙な態度はなんです、ミルドレット・バートン――なんたること！』」

ヘレンが不満そうな音を立てた。

「そんなにショッキングなら、耳を塞いでいなさいよ」ジョセフィンは言いつけると、傷ついたヒロイン役に戻った。「さて、どこだったっけ。『この人とは、どのような関係なのです？』」

「『彼は私の夫よ！』」ジョージーナは悲劇的に言ってみせた。

ジョセフィンは驚きに身を引いた。

「『まあ、嘘よ！　嘘よ！　嘘よ！』」

「『嘘よ』は四回言うの」不満げに役者に指示を出した。

「『嘘よ。そんなの嘘だわ――そんなのう、そ、！』」ジョセフィンはあえいだ。「『信じられない！　嘘よね、ミルフォード！　嘘だと言ってちょうだい！　なにか言って！』」彼女は落ちるように手をジョーダンの肩に置くと、彼を揺さぶった。「ほら！　起きて、ジョーダン！　嘲笑う場面なのに鼾をかいてたわよ！」

ジョーダンはつらそうに顔をしかめながら、夢から覚めた。「はあ、なんだって。『あんな男、死ねばいい、死ねばよいのだ！』」

脚本家と舞台監督が同時に大きなため息をもらした。

「最終幕まで、あなたは誰のことも死に追い込まないわよ」かろうじて冷静を保ちながら、ジョセフィンが言った。「間違ったページを読んだのね、ジョーダン、私に貸して。ほら、あなたの

197　三姉妹の大いなる報酬

セリフは――ここ。『嘘だ、嘘だ、嘘だ！』」

「ああ、なるほど。『嘘だ、嘘だ、嘘だ』――ねえ、パイプを吸ってもいいかな？」ジョーダンは頼むように言った。

「この幕を終らせるまでパイプは吸えません」ジョセフィンは険しい声で言った。「さあ、嘲笑うの！　それじゃあ嘲笑うんじゃなくて、鼻をすすっただけじゃない！　つづけて、ジョージーナ」

ジョージーナは下手なアマチュア役者を不満げに一瞥すると、演技をつづけた。

「『ミルフォード！　本気ではないと言って！　ええ、嘘よ！　冗談よね、ミルフォード！　自分の妻を――罪のない自分の子を否定するなんてできないはずよ！　本気なのね！　あなたの目を見ればわかる！』」

ジョーダンの目は閉じられていた。頭が片方に傾き、開いた口から喉からの奇妙な音が漏れた。

「『あなたは顔を背ける。あなたは笑う！　笑うのね！　ああ、なんという苦しみ！　あの人は笑っている！』」（「フガッ！」と鼻を鳴らし、ジョーダンの顎が胸に落ちる）「『つまり私はお終《しま》いなんだわ！　それでも私に顔を向けるの？　酷い告白は全て済んだのですか、ミルフォード？』」

「ジョーダンの居眠りを止めるのは無理ね」ジョージーナは諦めたように言った。「お茶の後はいつもこうなんだから。全然頼りにならないのよね。作品の感じを、どうしても摑んでおきたかったのに」

ジョセフィンは姉の肩に手を回し抱きしめた。

「あら、心配しないで、素晴らしい出来よ。今、ほんの一部演じただけでもわかる。ねえ、ヘレンもそう思うでしょう?」援護を求められ、急にその意見が重要になる。

「率直な感想を言っていい?」

「率直な感想なら」ジョージーナは言った。「口にする必要なし!」

「ねえ、妹くん」ジョセフィンは、堅苦しいヘレンをぎゅっと抱きしめて言った。「みんなびっくりすると思わない?」

「ヒットすると思うの?」

「ええ」

「可能性はあるかもね」よりによってヘレンがそう認めたことに、姉は声を上げて笑った。

「ほらね、ジョージー、この哀れな子ネズミちゃんでさえ、可能性あるって言うんだから。この作品できっと認められるわよ、有名になるって! 素敵な初日の夜になるんだから。客席の一列目に友だちが顔をそろえて、一生懸命、拍手している場面が見えない?」

「拍手してくれなかったら、どうなるのよ」ヘレンが言った。

「そのために無料で招待するんじゃないの」ジョセフィンが迫るように言う。「翌朝の新聞が目に浮かぶわ。『同作は熱狂的な観客をして、非常に好意的に迎えられた。大声で脚本家を求める声が響いた』」

「脚本家の友人たちが叫んだっていうこと?」ヘレンが口を挟むと、ジョセフィンは彼女を睨んだ。

「サンライト石鹸みたいに輝かしいことを言ってくれるんだから。ジョージー、愛しのお父上を起こそうとしても無駄よ。それよりもグウェンドリンと妹のシーンを練習しましょうよ。グウェンドリンの恋人を殺したと、ガートルードが告白する場面よ」

ヘレンは肩をすくめて言った。

「とても不快に感じる若い男性客が出ると、私は絶対に思うわ。もちろん、私には全く関係ないわけですけど」

ジョセフィンは衝立を引きずってくると、扉が隠れるようにそれを広げた。

「さてと、これでニューフォレストにいるみたいな気分になれるわね。最初のセリフはどっち？

確か私よね」

第六章　自殺荘園と死人の池

シセロ・ジョーンズ氏のロンドンからの旅路は、楽しい、ある意味ではためになるものとなった。幸か不幸か列車では、普段の彼なら顔合わせは御免被りたい知り合いの初老の医師と一緒だった。しかし、今日は初夏の浮かれ気分と、仕事から解放された高揚感も手伝って、彼はタルボット医師にも優しい我慢の目を向けた。

医師が同じ駅へと向かうと知って驚いたものの、到着後、この医師は駅からシセロ・ジョーンズが向かう予定の野生リンゴ農場までの四マイルとは正反対の方向に行くというので安心した。彼は休暇を過ごす保養地の具体的な場所は明かさずにおいた。

「田舎がお好きなんですかな？」痛風に苦しむ、がっしりとした、黄色い顔の老医師は不満げに言った。「私は田舎は大嫌いだ！　都会の方が断然いい」

「ご自由にどうぞ」シセロ・ジョーンズは言った。「その権利にケチをつける人がいたら、ぼくから許可を得ていると言ってやってください」

「こうお思いなんですな、惨めで悲しい人生は都会ならでは——悪臭を放つ異様な貧民街に押しやられているものだと」さらに医師は言葉をつづけた。「は！　真の劇的な人生というのは、こういう心地よさげな小ぢんまりとした田舎の村の立派な屋敷で展開されるものですぞ」医師は通りすぎる田舎の風景に手を振ってみせた。「罪を探すならゴミ箱の裏ではなく、薔薇のあいだを見るといい」

「それでも現実の罪、現実の悲劇なんですからね」シセロ・ジョーンズは冷静に言った。「ぼくのように人工的環境に囲まれて暮らす人間は、本物の死体にお目に掛かれて、本物の殺人犯が縛り首になるというなら、田舎の殺人事件も歓迎しますよ！　そのためにぼくは田舎に来たんです、現実を身近に体験するのが目的です」

「現実に近づきすぎないことですな」医師は険しい警告を発するとシセロの腕をつかみ、遥かな丘に並ぶ楡の木々の列の合間に見える壮麗な白い家を指差した。「綺麗な風景と思うでしょうな？」医師は訊ねた。「しかし、あの家に住む家主は狂人だ！　事実ですぞ！　殺人があった──しかし、彼を診察した医者を欺くだけの頭脳はあった。男の妻と子どもたちは、彼を恐れながら生きている。使用人が一週間以上居つくのは稀だし、近所の家はどこも寝る前にしっかり戸締りをするのです」

「それは楽しそうですね」そう言いつつもシセロ・ジョーンズは身震いをした。

数分後、医師は特別客車《プルマン》のもう一つの窓の外を指差した。

「湖のほとりに美しい赤レンガの家が見えるでしょう？」彼は訊ねた。「綺麗な家と思われますな？　ここからだともう少しで庭が見えそうだ──この地域一立派な庭だ。あそこの家主の女は姉を殺し、死体を石灰窯で処理したと見られている。死体は未だ発見されていない」

「すごい話ですね!」そう言うとシセロ・ジョーンズは、ごくりと唾をのんだ。

「つまり田舎というのは、真の恐怖に満ちているのです」通風持ちの医師は、言葉とは裏腹に楽しそうに言った。「思わず髪の毛が逆立つような話をしましょうか。森のあちらに納屋が見えますな?」彼は遠くの草地を指差した。

シセロは頷いた。

「あそこでも殺人があったんですか?」

「六人が死んだ」医師は厳粛な声で言った。「傍目には全く無害な外見の人間に殺された。実は犯人の女は私の患者でしてな。全くの偶然なのだが」彼は考え込むように言った。「あそこに木が見えますでしょう——葉のないあの大木——枯れたように見えるが、そうではない——昔、サンプソン・ボトルフックが親父と同じく、あれで首を吊りましてな。それから『死人の林』の向うの端では——」

「今、なんと言いました?」シセロは訊ねた。

「この付近では『死人の林』と呼ばれているんです、その由来まではわからないが」医師はあっさりと言った。「大昔に起った犯罪にでも因むんでしょう。それで、あの林の向うには州立病院があり——もうすぐそこのカーブを曲がったら遺体安置所が見えますよ、病院の唯一の白い建物だ」

「特に見たいとは思えないな」シセロ・ジョーンズは言った。「あの家は素敵ですね」指を差したものの、彼は急いでつけ加えた。「あそこで首吊りや毒殺があったとしても、気の狂った人がいたとしても、教えて下さらなくて結構です」

「あれはウィドルの家だ」医師は言った。「いや、あの一家には悪いところなどありませんよ。健康で立派、温厚な人たちだ。あの人たち私の患者でしてな。娘は少々頭がおかしいが、危険な点はないと見ており、それにウィドル自身は蠅も殺せないくらい、親切で温厚な男だ。付き添い人など必要ないと、私はいつも言うのだが。まあ、彼が密猟者を撃ったときには――」

「えっ、密猟者を撃った?」シセロは弱々しく訊ねた。

医師は似たような樫《オーク・ツリー》の下の、その事件が起った正確な場所を指差した。

「個人的には、彼にはその権利があったと思っている、と言おうとしていたところでした。さて、本物の狂人といえば――」医師は言葉をつづけたが、シセロはそれを遮った。

「本物の狂人など興味はありません。ぼくは本物の休暇がしたいんだ。でも本物が欲しいことがありましたら、先生、どこに行けばいいかわかりましたよ」

医師が狂人に囲まれた環境に消えるのを見届けると、シセロは貸し馬車に乗りこんだ。

「野生リンゴ農場ですか、旦那。ここから四マイルほどですよ」


埃っぽい道にパカパカと馬を進めるうちに、御者は肩越しに口を開くようになった。「ええ、たっぷり四マイルはありますね。駅から半マイルのところに『絞首人の十字架』があるんだけど、少なくともそこからは四マイルだね。指差してお見せしますよ。『絞首人の十字架』を見るのは、はじめてですかね?」

シセロはそうだと、認めた。

「それじゃあ、見ておいた方がいいですよ！」御者はうっとりとして首を振った。「船乗りたちに殺された気の毒な農夫を偲んで、約百年前にあれは建てられたんです。十字架のある場所で農夫は縛り首にされた——そこに絞首台があったんでね」御者は説明した。「それを覚えているっていう、付近に住む、かなり年をとったの婆さんに一度会ったことがあったな。婆さんは死刑を目撃したんだ。農夫が死ぬまで一時間かかったって話だった」

シセロ・ジョーンズは思わずため息をついた。

「面白いのはね」風雨に晒された頑丈な十字架のところで、シセロが降りてじっくり検分できるよう馬車をわざわざ停めた御者は、再び馬を進める段になると言った。「面白いことに、殺されたその農夫っていうのが住んでいた農場があそこなんだよね」彼は鞭を使って差した。「あれは『絞首刑の館《ジベット》』と呼ばれているんだ。たまに『自殺荘園』って呼ぶのもいますけどね」

「『野バラ荘』とでも名づけてくれればいいのに」願うようにシセロ・ジョーンズは言った。「そんな名で呼ぼうと思う奴なんていないよ」御者はまじめに答えた。「面白いのは、あの家では三人の自殺者が出てるんだよね」

「面白い話はもうやめてくれ」シセロは言った。「でないと笑い死にしてしまいそうだ。ヨーマンさんとは知り合い？」

「良く知ってますよ、旦那」御者は言った。「すごく良い方だし、ここらじゃとても尊敬されてます。お嬢さんは、ちょっと変わり者だけどね」

「え？」シセロは、ハッとしたように言った。

「ちょっと変わっているというか、ちょっと足りないところがあるっていうか」

「つまり狂人ということ？」

「いや、そこまでは言わないけどね」御者は言った。「でも変わっているのは確かだし、言葉使いが酷いって話だね」

シセロは時計を確認した。帰りの電車には、あと三時間は待たなくてはならなかった。

「最悪の部分を教えてくれ」無謀にも彼は言った。

「最悪の部分ねえ――うん、それだけだね。お嬢さんが狂ってるって言うんじゃないよ」御者は、名誉毀損で訴えられるのがなんとなく不安なのか、予防線を張るように言った。「そういうつもりは全然ないんだ。でも、あの人にはどこか変わったところがあるって、皆が言うんだよね。牧師さんでさえ、あの家には近寄らないんだから」

「綺麗な田舎の風景が広がっている場所なのかな？」シセロは訊ねた。

「そうですよ、旦那」御者は熱心に言った。「あれほど美しい景色は他に見たことがないね。家のすぐ側には気持ちよい池があるんだ。『死人の池』って呼ばれている」

「やっぱりそんな名前なのか」それだけ言うと、あとは到着するまでシセロは無言だった。

彼は御者からスーツケースを受け取ると、馬車が消えて見えなくなるまで、物思いに沈んだ表情で野生リンゴ農場の門の前に立ち尽した。開いたままの玄関の扉をノックする。返事はなかったが、家の中のどこからか、怒りの声が上がるのが聞こえた。彼はスーツケースを下ろすと、歩いて玄関を入り、廊下の先のドアを開けた。そして、その場で立ちすくんだ。

「真実を知りたい?」感情的な女の声が、そう訊ねた。

シセロ・ジョーンズは身じろぎもしなかった。

「ええ、真実を全て知りたい。レジナルドはどこにいるの?」

二番目もやはり女の声で、衝立《ついたて》の間から覗くと女の子が二人見えた。一人目は背が高く可愛い。髪は手入れがされておらず、感情を堪えようと胸が波打っている。彼女と向かいあう女性は、それほど背も高くなく、見た目もいわゆる美人ではなかった。その表情は断固とした決意に固まり、両手はぎゅっと握り締められている。

「知りたいと言うのね?」彼女はゆっくりと訊ねた。

「ええ——教えてちょうだい」もう一人が言う。「あなたの恋人はもういない」背の低い方の女の子が言った。

シセロ・ジョーンズは、驚きのあまり、あんぐりと口を開けた。

「なんですって?」

「私——彼を殺したの!」激しい声だった。

もう一人の女は後ずさりして悲鳴を上げた。

それから、背の低い女の子が身を乗り出しながら早口でしゃべるのを、シセロは目撃した。

「私たちの家族の名誉のためにやった。お父様が真実を悟ることのないように。私——私、お姉さまが重婚していると知っていたの。昨日、それを発見したのよ」

「真実を――知ったというのね？」

息を呑む音をシセロは聞いた。

「ええ――あの日の午後、私はレジナルドに湖の畔で会った。私は彼を非難したわ！　彼は私をあざ笑ったの！　私の中に眠っていた狂気が目を覚ました！　私が飛び掛り――彼はバランスを崩し湖に落ちたわ！　逃げようとしたけれど、私は足で彼を水中へと押し戻したの、下へ、下へ、下へ！」

シセロはよろよろと廊下を戻ると、ドアを閉じた。しばらく息ができなかった。汗がどっと噴きだし、汗だらけの顔を拭う手は震えていた。

第七章　殺してしまえ！

「どうやったら男を足で押し戻せるの？」ヘレンが訊ねた。「そうしたら摑まれないかしら、その、その……」

「足を摑まれる、って言いたいのね。あら、誰の声かしら？」

　廊下のマンブル夫人の声は、誰かと話をしていた。そして――

「お入り下さい。ノックの音が聞こえなかったんです。玄関に出てみて良かった、でなけりゃ、お待たせするところでしたねえ――」

「下宿人だわ」ジョージーナが囁いた。

「ヘレン、キャミソールが出しっぱなし！」

　ヘレンは卵と下着が置いてある椅子に走って向かうと、珍しく機転を利かせて、クッションを摑んでその上に置いた。

「あなたがジョーンズさん？」感じの良い声でジョセフィンは言った。

　シセロは頷いた。言葉が出てこなかったのだ。家族の名誉を守るため、余りにも徹底的な手段に出た女の子を、彼は身がすくむ思いで見つめるしかなかった。殺意を胸に秘めていないこの瞬間の彼女は可愛い人だ、と彼は思った。デリケートな唇に完璧な肌。

「部屋にご案内しましょうか?」ジョセフィンが言った。

「え、ええ。でも一人で大丈夫です。場所だけ教えてもらえれば。じ、自分で見つけますから」

彼は慌てて断った。

「でも、私がご案内しますけど」

「い、いえ。そんな必要は本当にありませんから」

そもそも彼を部屋まで案内すべきなのか、ジョセフィンには自信がなかった。残念ながら、下宿人の扱いには慣れていなかったからだ。

「一人で行く方がいいというわけね?」

彼は頷いた。

「ええ、そう思います」

ジョセフィンが雑談をするなんて、と姉のジョージーナは不思議に思った。わざわざそんな努力をするのはジョセフィンらしくなかった。

「とても居心地のよい部屋なのよ」ジョセフィンは言った。「居室からは湖がよく見えますから」

シセロ・ジョーンズは叫び声を上げそうになるのを抑えた。

「湖ですか!　そうですか。鍵はついているんですか?」彼は急いで訊ねた。

「あなたのお部屋のこと?　ついていないと思うけど。でも、さっきも言いましたように、素敵な眺めなのよ。明日、もしよかったら湖までご案内しますね」

「ああ、それはどうも。でもぼくは飲まない――いや、浮かばない――泳がない、じゃなくて――洗わな――水浴はしない、そう、水浴はしないと言いたかったんです！」

ジョセフィンの頭の中に芽生えた疑いは、既に確実な形になりつつあった。

「長く滞在されるつもり？」じっと彼を見つめながら彼女は訊ねた。

「いえ、一晩だけ。そう、明日までですね」シセロは言った。早く明日になってくればいいのに、と彼は願った。

「一晩だけ？」驚きのあまり一瞬、ジョセフィンの疑念も抑えられた。

「ええ、あの……一か月部屋を借りる予定でしたが――もちろん、宿泊費は払いますよ――先払いの方がいいですよね？」

心の中でジョセフィンは熱心にそれに同意したが、口ではこう言った。

「そんな必要はないわ」

「いや、その方がいいから」

動揺しているシセロ・ジョーンズの耳にも、彼女の辞退は説得力があるとは思えなかった。紙幣を数える彼の手は震えていた。

「これであっていますよね？」彼は言った。

（絶対に間違いない！）ジョセフィンは、そう思った。領収書を持って来るとか言い訳をすると、庭に出たジョージーナを急いで探しに行った。

「ジョージー」喘ぎながら彼女は言った。「あの男――奴なのよ。ヘレンはどこ？」

「奴って、誰のこと?」

「窓に来て。ねえ、覗いてみて。見ない振りして。ほら、黒髪、長い顔、紳士的な口調。顎を指で撫でる仕草を見てご覧なさいよ」

「まさか彼が――」

「銀行強盗のジョン・フランクリンよ!」ジョセフィンは確固たる口調で囁いた。

「ええ、そんな!」

「廊下のトランクは盗品でいっぱいなんだから。こんな大金が家にあるなんて前代未聞よ! 見て! 『警察公報』にはなんて書いてあった? 神経衰弱のふりをする、とあったけど、あの人、どう見ても震えているじゃない! やった!」

ヘレンが部屋に入るのがジョセフィンには見えた。

「あの子を止めないと。行くわよ、ジョージー!」

痛いほど心臓をドキドキさせながら、ジョセフィンはジョージーナを無理やり引っ張って家に戻ったが、ヘレンは既に客に同情を寄せていた。

二人が部屋に入ったとき、ヘレンは椅子の端に座るジョーンズ氏と会話中だった。

「あなたは神経を患われたんだって、パパが言っていましたわ」

相手は頷いた。

「学校でもそういうことはよくありました。私、聖マーガレット学院で風紀委員長をしておりましたの」ヘレンは説明した。「だから知っているんですけど、不安の発作に見舞われると、不愉

213　三姉妹の大いなる報酬

快な感覚が残るんでしょう。追われる犯罪者のような気分になると聞きましたけど」ジョセフィンが必死で合図を送るが、ヘレンはその意味に全く気づいていなかった。シセロは彼女が顔をしかめて警告を送るのを目にし、危うく失神しそうになった。ここは恐怖の館だ――見るも、聞くも、奇異に満ちる家。どこからか、首を絞められているような奇妙な音が聞こえてくるが、音の出どころはわからなかった

深々とした椅子で居眠りするジョーダンは目を覚まさなかった。

「長く滞在する予定なの？」ヘレンに訊かれて、ジョーンズ氏は猛烈に首を振った。

「あ――いや――長くはお邪魔しませんから」彼が言うと、ヘレンはいつもの調子で真面目に頷いた。

「それは賢いと思いますわ。とても賢いと。じっとしていられない性質の人間は、自分の気分に従うべきですから」その言葉にシセロは彼女を見直したように、同情的な視線で見つめた。少し前まで子どもだったようなこの子は、罪と犯罪に満ちた環境で暮らさなきゃいけないんだよな、と彼は思った。

「血の繋がった妹とは思えないわよね！」ジョセフィンは小声で言うと、晴れやかな笑顔で「ヘレン！」と呼んだ。

「なにかしら、ジョセフィン？」ヘレンが振り向いた。

「こっちに来てくれないかしら」猫なで声でジョセフィンは言った。「あなたに美しい虹を見てもらいたいの」

客を一人残すなど無礼過ぎる行為だったが、今は深刻な事態に陥っているのだ。

「虹？」彼女は訝しげに言った。

「ええ、そうよ」ジョセフィンはヘレンの腕を摑むと囁き声で言った。「外に出て、ここには戻ってこないで！」

「どうして？」ヘレンは息を呑んだ。

「あの男、誰だと思う？」ジョセフィンは低い声で口早に言った。「あいつ、銀行強盗をした犯人なのよ！」

ヘレンは二人の姉の顔を順番に見つめると、気を失った。

その不吉な場面を目撃したシセロ・ジョーンズは、勢いよく立ちあがった。

「どうしたんです？」そう訊ねる彼の声は、動揺で金切り声のように甲高くなってしまう。「な、な、なにがあったんです？」

「なんでもないの」ジョセフィンは無理やり笑顔を作る。「この子、虹を見るといつもこうなるんです」

ジョセフィンとジョージーナは二人でヘレンを担いで外に連れだし、シセロ・ジョーンズは一人取り残された。

もう一つドアがあり、彼はそちらに忍び足で近づいた。事件だらけのこの家から抜け出せられれば、もっと安心して息がつける。ドアに辿りついたとき、ちらりと後ろを振りかえると、意識のない人影が暖炉前の肱掛椅子で丸くなっているのが目に入った。彼は立ち止まり、じっと見つめると、ゆっくりとそれに近づいた。ぴくりとも動かないじゃないか！

「死んでる！」シセロ・ジョーンズが息を呑んだ瞬間、動揺で血の気の引いたヘレンを真ん中にして支えながら、女の子たちが戻ってきた。

「死んでる！」椅子の上の男の方を指差しながら、シセロは情けない声を上げた。

ジョーダンはハッとして目を覚ますと、急に立ちあがった。混乱して皆の顔を交互に見つめ、突然――

「こんな男、殺してしまえ！」ジョセフィンも予想しないような、劇的な権威のこもったしわがれ声でジョーダンが宣言した。「こんな男、殺してしまえ！」

シセロ・ジョーンズ氏は一番手近な椅子にどさりと腰を下ろした。

ジョセフィンは成す術もなく彼を見るしかなかった。ジョーンズ氏は卵の上に座っていたのだ。

第八章　生きていた洗濯籠

ジョセフィンは軍事会議を召集した。

ジョージーナの屋根裏部屋、と呼べばロマンチックに聞こえるが、実際はそこは物置部屋だったのを転用しているだけで、屋根裏部屋というより、元がらくた家具置き場というのが相応しかった。部屋には、目の覚めるような壁紙と、フランスの雑誌から切りぬいた異様な絵が飾られていた。そして、ここにも野生リンゴ農場を満たす安っぽい香りがする。

夕食が終り、シセロ・ジョーンズ氏が部屋に戻る前に、ジョセフィンは姉に合図を送った。

「あの男で絶対に間違いないって、私は確信しているの」彼女はきっぱりと言った。「スーツケースから目を離さないあの様子で、迷いがあったとしても吹き飛んだわ。ねえ」ジョセフィンは、大げさに言った。「私、あのバッグを捜査するって決めたから！」

ジョージーナは真面目な表情で頷いた。この場合、型破りな手段を使っても許されると思った。

「どうやってするつもりなの、ジョセフィン？」姉は訊ねた。

幅のある長いすに腰かけたジョセフィンは、両腕で膝をしっかり抱き、額に大いなる皺を寄せていた。

「よくよく考えてみたの」彼女は言った。「部屋に入って隠れて、あいつが寝たらスーツケースを私の部屋に運んで開ける――ジョージーナ、予備の鍵を持ってない？」

ジョージーナは引き出しを捜すと、馬屋の扉の鍵から、通常、文具入れの開け閉めに使うとされる、奇妙で役立たずのものまで、古ぼけた鍵をいくつも取り出した。

ジョセフィンは入念に調べると、そこから六個を選んだ
「もちろん施錠されていない可能性もあるわけだけど」彼女は言った。「でも私の予想では、あの男はそんな危険は絶対犯さないと思う」

「全くヘレンは手に負えないわよね」ジョージーナが言い、ジョセフィンも首を振った。

「あの子をなんとかしてやらないと。忌々しい聖マーガレット学院のせいだわ！」

「教育の結果、増長する人もいるから」ジョージーナは言った。「でも、ヘレンの場合、全くの無学でも性格は今と変わらなかったと思うの」

「あの子はなにかを考えすぎている」ジョセフィンは物知り顔で頷きながら言った。「私、ヘレンのことはわかっているんだから！　あの子には道徳的向上計画があって、アホらしいこと言って――」

「ちょっと、ジョセフィン」姉はブツブツと言った。

「私たちの計画を台無しにしてくれるに違いないんだから」

記憶というのは、どんなに努力しようと、健康体の人間であれども、人生の大いなる危機に直面している場面であっても、維持できないことがある。

シセロ・ジョーンズは、その日の夕方五時から、マンブル夫人に厳かな儀式のごとく厳粛な仕草で、妙に長い蠟燭を立てた大ぶりの陶器製の燭台を手渡されるまでのあいだ、なにが起こったのか全く記憶になかった。蠟燭を受け取るという行為まで、どこか葬式のような感じがした。

ここの家族と一緒に食事をしたこと、そして、ジョーダン・ヨーマンから、付近の街から何マイルも離れているこの農場が電気の恩恵をこうむるに至った経緯をかなり詳しく説明されたのはおぼろげに覚えていた。ロンドンに逃げ帰らなかった理由を、彼は自分でも説明できなかった。なぜか自分でもはっきりとせず、意味もわからず、得るものがあるだろうというなんともいえない期待があった。

彼は真面目にジョーダンと握手をすると、マンブル夫人に先導され階段を上った。

三人姉妹は先に二階へ上がっており、ヘレンは頑なな決心を心に燃やしていた。銀行強盗と同じ屋根の下で眠るのを怖がっていないのは彼女だけだ。凶悪犯が、純粋な若き女の子に容易く心を動かされるのを彼女は知っていた。その手の話は聖マーガレット学院で読んだことがあった。

「お部屋はこちらです」マンブル夫人は愛想良く言った。「窓からの眺めが素敵なんですよ」

広々とした部屋には綺麗な家具がしつらえてあった。片隅にある逆さにして置かれた大きな洗濯籠だけは余計だったが。

「去年の夏、若いお嬢さんが入水自殺した場所も、ここからだとなんとか見えますよ」マンブル夫人は言った。「あれは自殺じゃなかったっていう人もいるんですよ。それからあちらには、死人の林がよく見えるでしょう」

「ここからは墓場は見えないんですか？」シセロは訊ねたが、皮肉で言っているのをマンブル夫人には気づいてもらえなかった。

「家のこちらの側からは見えないですよ。でも、ハリンゲイ卿が狩りの最中に首を折った場所なら見えます」

「ぼくが明日も生きていたら、足をのばして、その場所の写真を撮りに行きますよ」息が苦しくなりつつも、シセロは言った。「記念にこの地の美を収めておいた方がいい気がするので」

部屋を下がるところだったマンブル夫人は、ドアの所で立ち止まった。

「すみません」彼女は詫びた。「ジョセフィンお嬢様のことは気にしないで下さいね」

シセロは眉をひそめた。

「ジョセフィン？　可愛い方のお嬢さんですよね？」

その時、妙なことが起った。ベッドの側に逆さに置かれた洗濯籠が微かに動いたのだ。突然、興味を引かれ、大いに好奇心が湧いたらしかった。

「さあ、あのお嬢さんを可愛いと呼んでいいのかはわかりませんけど」マンブル夫人はしぶしぶ言った。「私に言わせれば、ジョージーナお嬢さんこそ、お美しいと思いますんでね」

「そうですか」そう言うと、シセロは出ていくよう彼女に頷いた。「おやすみなさい、マンブル夫人。少し仕事をしたら、ぼくは寝ます」

「おやすみなさい。あたしはただ、ジョセフィンお嬢さんは、ときどき感情的になることがあるって言いたかったんです」

洗濯籠は元の位置へと移動しなおした。

「このドアの鍵はないんですか?」シセロが訊ねた。

マンブル夫人は首を振った。

「鍵はないんです。妙なんですよ。このドアの鍵は旦那様のお爺様が、まさにこの部屋で亡くなったその日から見つからずにいるんです」

シセロは力なく笑った。

「笑うなんて失礼でしたね、マンブル夫人――」

「そうだ! 今思い出したけど、このドアに使える鍵があります」

「だったら持って来て下さい」シセロはイライラしながら言った。

マンブル夫人が姿を消し、シセロがスーツケースをテーブルの脇に置いて腰を下ろしながら、両手で頭を抱えた瞬間、洗濯籠が音もなく彼の方に動いた。

やがて、マンブル夫人が大きな錆びた鍵を手に戻ってきた。

「これですよ。見つかると思ったんです。貯蔵室に掛けてありました」

「ありがとう」とシセロは言うと飛び上がった。「うわ! なんだこれ!」

彼は、移動の結果、今はベッドの足元に位置する洗濯籠をじっと見つめた。確か、さっきまでは――。

「これ? ああ、これは洗濯籠ですよ。ここにあるはずじゃないんだけど、この部屋は普段、使われていないですからね。除けましょうか?」洗濯籠の中で心臓の鼓動が少し早くなり、隠された顔は凶悪なしかめっ面になった。

シセロは首を振った。

「いえいえ、別にいいんです。ただ確かさっきまでは――。おやすみなさい、マンブル夫人」シセロがマンブル夫人とドアまで行くと、逆さのままの洗濯籠はテーブル脇まで滑るように移動した。素早く上に持ち上げ、スーツケースが中に消える。

マンブル夫人が、ごゆっくりおやすみ下さいね、と言った。

「ええ、ゆっくり休みますとも！」青年は険しい表情で言った。「死んだ男の林と死んだ女の子の池の麗しき眺めに加え、こともあろうかハリンゲイ卿が首を折った場所にまで囲まれているんですからね。ええ、ゆっくり眠れることと思いますよ！」

「楽しい夢を」マンブル夫人は言った。「それから――」

「もう！　鍵がかけてあるなんて！」どこからともなくうつろな声がして、シセロは急いで振りかえった。

「は？」

「あたしはなにも言いませんでしたけど」マンブル夫人が言った。

「変だな。ぼくのスーツケースはどこだ？」シセロは怒りの表情で振り向き大声で言った。

「スーツケース？　ご自分でここに運ばれたはずだけど。変ね」

マンブル夫人はベッドの下を覗いた。彼女の経験ではスーツケースが行方不明という場合、ベッドの下に迷い込んでいることが多かった。

「なんとも面白いじゃないか！」シセロは声をひそめて言った。「自分でここまで運んだのは確かなんだ」

彼が急いで部屋を出ると、マンブル夫人もそれに倣った。即、洗濯籠が持ち上げられ、黄色のスーツケースが外に押し出された。

一分後、二人は戻ってきた。

「ここまで運んだのは絶対に間違いありません」断固としてシセロは言った。「あのテーブルの傍に置いたのは覚えているし、それから――」彼は立ちつくし、じっと見つめるしかなかった。

「あそこにあるじゃないですか」マンブル夫人が言い、シセロは片手を自分の額にあてた。

「前からあそこにあったのかな？」弱々しく彼は言った。

走り回る足音を聞きつけたヘレンが、青いキモノをまとい、かなり若々しく見える姿でドアのところに立っていた。

「探し物ですか、ジョーンズさん？」

「ちょうど見つかったところですよ」マンブル夫人が言った。「おやすみなさいませ。ヘレンお嬢さんも、おやすみなさい。お父様も、ジョセフィンお嬢さんもベッドに行かれましたよ。おやすみなさい、ジョーンズさん。さあ、いらっしゃい、ヘレンお嬢さん」

ヘレンはキモノ姿だからこそ様になる仕草をしながら振り向いた。

「ジョーンズさんに話があるの」彼女に小声で言われ、家政婦は唖然とした。

「でもお嬢さん――」

「もう結構よ、マンブルさん」それは威厳のある態度だった。

マンブル夫人は、心の中では抗議しつつ、その場を辞去した。

「ジョーンズさん、お会いしたかった理由は、ちょっとした本をお貸ししたかったからなの」かしこまってドアのところに立っていた彼女は、今度は勝手に部屋に足を踏み入れた。

シセロは、ここに来てはじめて面白い気分だった。

「ちょっとした本ですか？　なんでしょう、怪談かな？」彼が訊ねると、ヘレンは首を振った。

「いいえ、『彼にも機会が与えられていれば』という題の本です。聖マーガレット学院の風紀委員長をしていた頃、野蛮で乱暴な生徒たちに、自分の可能性を認識させるのにとても役に立った作品です」

シセロは微笑んだ。「そうなんですか？　しかし、ぼくは野蛮でも乱暴でもありませんよ、ヘレン」

彼はテーブルの端に腰を下ろし、ヘレンに目をやると、話はまだ終わっていないのを見てとった。

「ジョーンズさん、あなたにどうしても会わずにはいられなかったんです」とうとう彼女は言った。「そうしないと、眠れそうになかったから」

彼女はジョセフィンの恐ろしい秘密を明かすつもりなのか？　これからどういう手にでればよいのか、シセロは未だ迷っていた。警察に行くべきだが、しかし——。

「同じ人間として、私にはこうする義務があると思うの」ヘレンは言い、開いたままのドアの方

THOMAS HENRY

を振り向いてから、身を乗りだし低い声でこう言った。「ジョーンズさん、あなたの身に危険が迫っています！」

シセロは立ち上がった。

「死の危険が迫っています！」ヘレンに囁かれ、シセロの血の気が引いた。

第九章　「下へ、下へ、下へ」の彼女

予想はしていたが、恐れていたことは全て現実だったのだ！　危険が迫っている！

これまで、このフレーズを原稿で読むたびに、もっと他の表現はないものかと作者を嘲笑してきたのに。

「ほ、本当ですか。だ、誰がぼくを狙っているんです？」

「それは――ジョセフィンです！」彼女は明言した。

「なんですって！　『下へ、下へ、下へ』の彼女？」

ヘレンはもったいぶって頷いた。

「お話しします。いえ、私はこちらに座りますから」彼に椅子を勧められたが断り、彼女は洗濯籠の上にぽんっと腰を下ろした。

「ちょっと待って」シセロは言った。「ジョ、ジョセフィンはきみのお姉さんだよね？」

ヘレンは唇を引き結んだ。

「ええ、それについてはよく残念に思うんです」彼女は言った。「ジョーンズさんが目撃された、あの奇妙な場面、突然レップリー先生が寮に現われ、上級監督生が『三週間』（エリノア・グリンのエロティック・ロマンス小説）

を純粋な五年生の子どもたちに読んでいるのを発見した事件に匹敵する、あの場面をまず、説明させて下さい。この家には大いなる秘密があります」

　やはり本当だったんだ！　シセロの呼吸が速くなった。

「そうなのか」彼は静かに言った。

「文学を好む姉は血に飢え、毎週平均三人を殺害し——大抵そのうちの一人は、まだ年端《としは》のいかない子どもで——」

「なんてこった《グッド・ゴッド》！」シセロが息を飲むと、ヘレンの青い目が非難がましい視線を向けてきた。

「悪態をつくのは控えて下さいませんか」彼女は言った。「もちろん——」突然、彼女は言葉を止めると足を擦った。左足のふくらはぎを何かに刺されたのだ。

　シセロはその場面を目にしていなかった。彼は背後で腕を組みながら、猛然と考えを巡らせつつ、部屋を行ったり来りしていたが、突然、足を止めた。

「でも、き、きみも気の毒に。それを傍観するしかないんだね？」

「私は無力ですから」ヘレンはそう言い首を振った。「私にはなんの権限もありません。でも、これが聖マーガレット学院だったら——」

「だけど、ぼくに危険が迫っていると言うんだね？」

「ええ、死の危険が。ジョセフィンは絶対に諦めませんから」

　その晩、シセロがハンカチで汗を拭うのは、これが十度目で、それは既に湿っていた。

「それで、ぼくはどうすればいいのだろう？」

THOMAS HENRY

「手遅れにならないうちに逃げるのね」ヘレンはきっぱりと言った。「痛っ！」彼女は叫んで床に飛び上がると、猛スピードで肌を擦った。「なにかに刺されたわ」彼女は叫ぶと、洗濯籠を見下ろした。「ヘアピンだわ！　ごめんなさい」もう一度見直したとき、ヘアピンは消えていた。

シセロは、また行ったり来りしはじめた。

「もし、ここに残ったら？　ぼくはどうなるんだろう？」

「ジョーンズさん。もちろん、おわかりのはずよ」咎めるように彼女は言った。「お気持ちを傷つけたくはないんですけど、でも、でも――」余りにも感情的になった彼女の声は低く震え、その言葉は彼の耳に運命の鐘のように響いた。「あなたは家族や友人の手の届かない所に送られるのです」

シセロ・ジョーンズはよろめいた。

「ぐずぐずしている暇はないな」

「忘れないで」ヘレンは言った。「ジョセフィンは勇気のある女性で――あの音！」

シセロは背骨に妙なむずがゆさを感じつつ、耳を傾けた。

「音が聞こえた気がしたけど――きしむ音が」ヘレンが言った。

シセロは忍び足でドアのところに行くと、薄暗い廊下を窺った。ジョージーナ――確か、背の高い子の名前はそういったような？　――が、ジョセフィンは夢遊病だと言ったのを、シセロはなんとなく思い出した。重大な瞬間を迎え興奮する、偉大なヘレンの元に戻ると、彼は重要なその質問を囁いた。

「それは、あなたを罠にかけるための方便です」彼女は即座に答えた。「自分の姉への裏切り行為と思うでしょうね——確かに、そういう解釈もできます。でも、あなたを助けなければ、聖マーガレット学院で学んだ道徳観に反しますから」

シセロはヘレンの小さな手を摑み、ぎゅっと握った。彼女の見上げた勇気に報いることは絶対できないと思った。

「お姉さんは、今どこにいるの？」

ヘレンは指を唇にあてると、音もなくその場を去った。二分ほど姿を消した後、不可解な表情で戻ってきた。

「部屋にはいなかったわ！」彼女は囁いた。「庭にいるのかもしれない。夜によく庭に出るから」

二人は注意深く窓に近づくと、暗闇に目をこらした。すると洗濯籠もゆっくりと動き出し、やみ雲にドアの方を目指した。開いている部分を通り損ね、外を見ている二人の方に跳ね返り、悪態をつく小さな声がしたが、二人は気がつかなかった。

「なにも見えないわ」ヘレンは動揺して言った。

「見えない。ぼくたちは——うわ！」

シセロの手が洗濯籠に触れ、彼は跳び上がりながら振り向いた。

「な、なんだこれ？」彼は甲高い声で言った。

ヘレンは彼の言う方向を見た。

「びっくりさせないで」彼女は囁いた。「ただの洗濯籠じゃない！」

彼は部屋の端から向うに指を振ることしかできなかった。

「あそこにあったのに――それがそっちに移動した！　今度はここにある！」

ヘレンの顔に優しい笑みが広がり、彼女は小さな白い手を彼の腕に置いた。その行動の説明を求められたとしたら、彼女は正にこう答えただろう。

「ジョーンズさんたら、お気の毒に」彼女は優しく言った。「あなたのお気持ちはよくわかります！　悩みはなるべく忘れるようにして。混乱しているのよ。ジョセフィンが庭に出ているなら見えますから。もし彼女がコソコソと――」

「待った！」シセロが言った。「ぼくらのことも見られてしまう！」彼は壁の方に歩み寄ると電気を消した。「さあ、窓を開けて」

二人は窓の外に頭を出すと、暗い庭を右に左に見渡した。

「ジョセフィンは見えないわ、ジョーンズさん。でも、姉は近くにいる感じがする――」急に彼女は叫び声を上げた。

「な、なにが――」

「なにかにつねられた」ヘレンはうめいた。「痛っ――お願い、電気をつけて」

シセロは壁の方によろめきながら向かい、スイッチがどこにあるのかわからないので、当てずっぽうに手で探り、やっと見つけた。ひっくり返った洗濯籠が、まず目に入った。

顔色を失い、目を見開いたヘレンは、壁に寄りかかった。彼女が気を失うと思い、シセロは急いでその傍に駆けつけた。実は彼女は、意地の悪い指につねられた足をさすりたくて、本心では放っておいて欲しかったのだ。

スイッチを入れるのに急いだとき、洗濯籠を倒してしまったのだろう、と彼は決めつけた。それがベッドの足元に横たわっているのも、変だとは思わなかった。

自分に構おうとするシセロをヘレンは手を振って追い払った。やっと落ちつきを取り戻したが、自分が主役を演じた場面を去るのは気が進まなかった。家の中は静まり返っていた。シセロは完璧に目が冴え、心配でしかたがなかった。それに一人にはなりたくなかった。そんなわけで二人とも、この無作法な状況も許す気分でいた。

「失礼かもしれないけど」彼は質問した。「お姉さんの恋人——暗い男のことを聞いてもいいかな?」

「ジョージーナのこと?」

彼は頷いた。

「そう、彼になにがあったか知ってる?」

「アーネスト・チャールズに?」ヘレンは眉間に皺を寄せた。「そういえば、しばらく姿を見ないわ!」彼女がそう認めると、シセロは軽く身震いをした。

「それは分かっていたんだ」彼は意味ありげに言った。

「最後に会ったのは」考えながらヘレンは言った。「そうね、彼は湖の傍を歩いていたわ——ジョセフィンと一緒に!」

シセロはあえぐように息をついた。

「ああ、彼がジョセフィンと湖の傍を歩くことは二度とないんだ」彼は冷静に言った。「なぜか？　だって彼は、下へ、下へ、下へと行ったんだから！」

ヘレンは驚かなかった。ジョセフィンといると、いつもアーネスト・チャールズは少々元気を失う。実際、ジョセフィンは、ほとんどの人の元気を奪うのに長けていた。自分でもそう認めているのだ。

「そして、彼は抑えられた」シセロは言った。「彼にもう少し気概があれば――」

「でも、彼にそんな日は、もう絶対にこないんだ」険しい声でシセロは言った。「ヘレン、ぼくはどうしたらいいんだろう？」

ヘレンは既に計画を立てていた。

「ここを離れないで。施錠したら、鍵は寝巻きのポケットにしまうんです」

うなり声が、うつろな、やるせないうなり声が、部屋の向うの端からした。

シセロは目を瞬いた。

「い、今のなんだ？」

「水道管じゃないかしら」

「ここで一体なにしてるの、ヘレン？」

ヘレンはハッと振り向いた。開いたドアの所にジョージーナが立っていた。寝ていたのを起こされたという格好だ。それは巧みな演出だった。

「入って、ジョージーナ」震える声でヘレンは言った。彼女は少々動揺していた。

「あなたの声が聞こえたから」ジョージーナは冷たく言った。「あなたがお客様の相手をしていたなんて知らなかったわ、ヘレン！」

「ジョーンズさんに、ちょっと話があったの」ヘレンは威厳のある社交的な人間のふりをしようとしたが、うまくいかなかった。

「そういうのは階下《した》でやったらどうかしら」ジョージーナは優しく言った。「ジョーンズさん、ココアをご用意しましたわ。ご案内してくれない、ヘレン？　あなたの卒業証書や演説で貰った賞状、ジョーンズさんも見たいと思うの」

ヘレンがあの賞をもらえたのは単に運がよかったからだ、とジョセフィンは常に言っていた。シセロはココアが嫌いだったが、ヘレンに対する非難は彼も感じたし、気まずくなりそうな場面から上手く退出できることを歓迎した。ジョージーナも一緒に来るものと思い、彼はドアのところで立ち止まった。

「枕カバーを変えさせて下さいね」ジョージーナはさらりと言った。「まだ起きていらっしゃるといいのだけど、と思いながら来たんです。ここ、野生リンゴ農場では、枕カバーについてこだわりがあるのよ――その、家族の伝統っていうのかしら」

階段を降りる足音を確認してから、彼女は低い声で呼んだ。「ジョセフィン！」

部屋の隅にある棚の扉が開き、乱れ髪のジョセフィンがよろめきながら現われた。

「なにか見つかった？」ジョージーナが熱心に訊ねる。

ジョセフィンは乱れた髪をなおした。「私がヘレンを殺したら罰せられるべきだと思う？」彼女は姉に訊ねた。「我が国では、自分の妹を殺すのは罪なんだっけ？　私、こう主張するから――」

「なにか見つかったの？」

「なにも」ジョセフィンは悔しそうに言った。

「スーツケースは？」

「施錠されてて、鍵はどれもあわなかったの！　でも、債権はあれに入っているんだから――紙がカサカサいうのが聞こえたし。私が確かめてやる。ジョーダンはどこよ？」

「もう寝たわよ。ジョー！　危なくないかしら？」

ジョセフィンは馬鹿にしたように鼻であしらった。

「危ないかですって？　あの人、死ぬほど怖がっているのよ！　下の階に行って、あの二人を三十分引きとめて。ヘレンがしゃべるように仕向けるの。まあ、あの子なら、そそのかす必要もないけどね！　あの人に、私は夢遊病だって言ったの？」

ジョージーナは頷いた。

「そんなことしなくて良かったのに。真夜中に戻ることも考えたんだけど、そんな必要なかった」彼女はスーツケースを持ち上げ揺すった。「ほら！　私の携帯用化粧道具入れから鍵を取ってきて――」

しゃべり声が聞こえて、ジョージーナはドアの所に飛んで行った。

「急いで！」彼女はあえいだ。「二人が戻ってくる！」

ジョセフィンはスーツケースを急いで下ろし、化粧着の前をかきあわせると走った。棚の扉が閉まったか閉まらないかという瞬間、二人は戻ってきた。そしてヘレンはおしゃべりの最中だった。

「……もちろん、寮の上級監督生には、私が風紀委員を務めるあいだは、この手のことは二度と許さないと言ったんです」

「きみは正しかったと思うよ」シセロは心から言った。

ジョージーナはパニックになっていた。あと五分、ヘレンが彼を引きとめてくれれば！

「ジョーンズさんを庭にご案内したらどうかしら、ヘレン？　素敵な月夜だし――」

シセロ・ジョーンズが横に立つ少女の方を見ると、二人の目が合った。ということは、ジョージーナもぐるだったのか！　姉二人は彼を庭に誘導したいわけだ。

「いや、結構です」

「なら、私がご案内するのはどうかしら？」必死なジョージーナは言った。

「行かない！」シセロはきっぱりと行った。

「ジョーンズさんは庭には行きたくないのよ。それに、お父様もお気に召さないと思うわ」

ジョージーナは、その場でヘレンを殺してしまいたかった。ジョセフィンをこの部屋から逃がすためには、なんらかの策を使うしかない。シセロは気がつくと、突然、腕を摑まれ、抵抗するにも拘わらず無理やり窓のところに引っ張っていかれた。

「池が綺麗」興奮状態でジョージーナは叫んだ。「ここから見えるんですよ。池から目を離さないで、とてもすごい光景が見えるんですから。エリザベス女王の幽霊が」

「見たくない！」シセロは大声で言うと、手を振り払った。「見たくないんだ！」

ヘレンはつんとすましていた。

「もう寝た方がいいと思うの」ヘレンが言うと、ジョージーナは目を閉じて祈った。思いつく限りの手は尽くしたし、観察眼と優越感を備えたヘレンが、この状況の主導権を回復したのに気づき狼狽した。ジョージーナにできることは、もうなにもなかった。大きな声で答えたのは、隠れているジョセフィンのためだった。

「おやすみなさい、私は傍にいますからね——でも、脱出するなら自力でどうぞ！」そう言うと、ヘレンを引っ張りながら彼女は部屋を出た。

これは脅しだ！　既に隠すつもりもないのだ。大っぴらに堂々と彼女は彼を脅迫した。シセロはドアを施錠すると鍵を引き抜き、窓台に置いた。服は脱がなかった。今夜は眠るつもりはなかった。本を持ってくればよかったと思った——が、原稿があるじゃないか！　モーペスに渡されたありがたき戯曲の束が。喜んで脚本を読むことになろうとは夢にも思わなかった。スーツケースから戯曲の束を取り出して読みはじめ、そして、読み進めるうちに興味は増してきた。第二幕の二ページ目を捲るときに、その音は聞こえた。原稿を膝の上に置くと、彼は耳をすませた。もう一度、音がして、膝がガクガクしながらも彼は立ちあがった。

「そこにいるのは誰だ？　棚の中に誰かいるな！　出てこい！」

ゆっくりと棚の扉が開いてジョセフィンが姿を表すと、髪が逆立ったのを感じた。彼女は目を

THOMAS HENRY

大きく見開き、両手はなにかを探るように前に伸ばしている。ゆっくり堂々とした足取りの彼女は、シセロの前を通りドアに向かった。

「眠りながら歩いているんだ」シセロはあえいだ。

不気味なその姿は、ドアのところで一瞬、不器用につっかえた。

「鍵はどこ?」鋭く彼女は訊ねた——夢遊病にしては口調がはっきりしすぎている。

「目が覚めているんじゃないか!」彼は指差して非難した。「起きてるな!」

ジョセフィンは、素早くまばたきした。

「こ、ここはどこ?」彼女は訊ねた。「覚えている——あなたを見たわ——あなた、私をじっと見ていた——気がついたら私は、あなたと二人きりでここにいた——私に催眠術をかけたのね!」

シセロは弱々しく空《くう》を打つしかなかった。

この演技でどこまで押しとおせたか、後は想像するしかない。その瞬間、廊下に重い足音がして、ドアに鋭いノックが一度あった。「ジョーンズ!」ジョーダンの声だった。

「きみのお父さんだ!」震えあがってシセロは囁いた。

第十章　ジョセフィンからの助言

二人とも、気まずい状況だと気がついた。

ジョセフィンは化粧着の前を行儀良くかきあわせたし、シセロは襟《カラー》を外したことを後悔した。

ドアは施錠され、部屋に二人きりでいるという状態。

「ちょっと話がある」ジョーダンの声が求める。

「きみのお父さんだ！　なのに、きみはここにいて――とんでもないことになった！」シセロに言われ、ジョセフィンはすぐに後悔の念に駆られた。

「本当にごめんなさい！　ドアを開けて、説明は私がするから」

シセロは一瞬躊躇し、それから窓のところに鍵を取りに行った。彼の手はひどく震え、悪態をつくのがジョセフィンにも聞こえた。

「どうしたの？」

「窓の外に鍵を落としてしまった」シセロは嘆いた。

「それを伝えて！」ジョセフィンは小声で鋭く言った。

「窓の外に鍵を落としてしまったんです、ヨーマンさん」シセロは大声で言った。「ドアに鍵をしたあと、いまいましいことに窓台のところに置いたんです」

「なんでまたドアに鍵をしたんだ」ぼやくジョーダンの声がした。「下に行って取ってくる」

二人ともなにも言わずに立ちつくした。

「ミス・ヨーマン、誓います。あなたがここにいるなんて知らなかったんだ――」

「あたりまえよ」深い自責の念にかられたジョセフィンは言った。「全ては、私が馬鹿だったせいです。ジョーダンが戻ってきたら、私は棚の中に隠れます。ジョーンズさん、本当にごめんなさい」彼女は手を差し出した。

「いえ、こちらこそすみません」シセロは素直に答えた。

「むしろ原因は私にあるのです」彼女は言い「あなたのことは諦めますから」と付け加えた。

「諦める？」

彼女は頷いた。

「私の言う意味はわかるでしょう。今はあなたのことを、とても気の毒に思っています。この生活があなたにとってどんなだか、突然、理解できたんです」

シセロは頭を掻いた。

「ぼくには意味が分かりません」

「あの鞄の中には、なにかが入っている――ある書類よね。これ以上のことは詳しく言わないでおきます。私、あなたが何者かは知っているんです」

シセロは彼女を見つめるしかなかった。

「それでぼくに同情しているんだね」彼はジョセフィンの手をしっかりと握った。「この職業がどんなに不快かを理解してくれる人に会ったのは、これがはじめてです」

「全部、返還すべきだと思うの」ジョセフィンは言った。「ヘレンみたいなことを言っているのはわかっているけど、返した方がいいわ」

「二通とも返す?」シセロは訝しげに訊ねた。

「持っているのはたった二通なの?」驚いてジョセフィンは訊ねた。

「たった二通とは!」彼は言った。「どういう理由からぼくに興味を持ったのか知らないけど、失礼ながら、ぼくは自分の判断を信じるしかないんです。モーペスのためにも、そうしないと——」

「その人はあなたの——共犯者なの?」

「その表現、全くその通りなんだ! モーペスはがっかりするかもな。悲劇は彼の好みではないだろうし——」

「鍵を投げるぞ——受け取って!」外からジョーダンの声がして、シセロは窓の方に駆け寄った。解錠してドアを開けると、そこには——ヘレンがいた。

ジョセフィンはベッドの床座の後ろに縮こまった。

「お騒がせしてごめんなさい、ジョーンズさん。でも、ジョセフィンのことがどうしても気になったの。私、家中、捜したんです。それに、パパが庭にも出て行ったのに」心配でたまらないヘレンは言った。

「ちょっと待って下さい、ぼくは――そ、その――時計と鎖を取ってきますから」困ってシセロは言うと、そのままドアを閉めた。振り向くと、ちょうどジョセフィンが洗濯籠の中に消えるのが目に入り、彼にもことの次第が飲みこめてきた。

ドアを開けると、そこにはジョーダンが、そして、背後には震えるヘレンが立っていた。

「ジョセフィンを見かけるか、声を聞くかしませんでしたかな?」心配顔のジョーダンが問い詰めた。「ヘレンの話では、あの子は家にいないという。窓越しにあの子と話しをしておられたのではないかと思ったのだ。あの子は夜に庭を歩きまわる癖があるから」

洗濯籠はゆっくりながらも確実に移動していた。

「ジョセフィンですか?」無謀にもシセロは言った。

「ええ、そうですね。数分前に庭にいるのを見かけました。こっちに来て下さい、ヨーマンさん。さあ、ヘレンも一緒に」横にスーツケースが置いてあるテーブルの方に、彼は二人を引きずるように連れて行った。鞄を苦労してテーブルに置くと、それをパチッと開いた。洗濯籠の移動速度が増し、ドアまで、あと半分のところまで来ていた。彼らの気をこちらに引きつけておくことができれば――。

「お見せしたいものがあるんです」シセロは懸命にスーツケースの中を引っ掻き回しながら言った。「一度も目にしたことのないようなものですよ」彼は銀色の小さな箱を取り出してみせた。

「予想もつかないようなものです」甲高い声は真剣だった。

酔っぱらっているのか、とジョーダンは思い、開かれた箱の中身がごくありきたりな安全剃刀

THOMAS HENRY

だったことにより、その思いは確信に変わった。その頃、洗濯籠は開いたドアを急ぎ足で駆け抜けていた。部屋を出るとき、ジョーダンはそれに足を取られ、ヘレンの想像を超えた、敬虔な男の言葉とは思えぬことを口にしたのだった。

第十一章　三流探偵《ヘボ》たち

朝食の指図をするため下りてきたジョセフィンが珍しくおとなしい、とマンブル夫人は思った。子どもたちのムードには疎いジョージョーダンでさえ、娘の悲しげな態度に言及し、肝臓の調子が悪いのではないかと真剣に言った。

大きなチャンスが巡ってきたのに、ジョセフィンはそれを見送ったのだ。犯罪者を警察に引き渡すという作業は、理論的には非常に単純なはずだが、実際にやってみると――。道を踏み外したジョーンズを彼女は気に入っていた。すごく礼儀正しくて――すごく親切な彼。ジョセフィンはシセロのことが気に入っていた――ただそれだけ、それ以上のものではない。私は恋愛対象になるような種類の人間ではないんだから、と自分に言い聞かせた。そういうのはジョージーナに似合っている。彼はジョージーナを気に入っているんだ。朝食の席で、彼女の話に耳を傾ける姿を見ればわかる。座ってそう考えていると、マンブル夫人が郵便を持ってきた。

「そこに置いておいて」ジョセフィンは、ぼんやりと言った。

マンブル夫人もシセロの魅力にやられてしまったらしく、賞賛を言うのに立ち止まった。

「ジョージーナお嬢さんとすごく話があっているんですよ！　昔からの知り合いみたいに」大喜

びの彼女は言った。「それをダウリングさんが嫉妬しながら見てらして！」

ジョセフィンは、ハッとした。

「チンキー……ダウリングさんが来ているの？」

「庭にいらっしゃいますよ。ジョーンズさんがジョージーナお嬢さんの手を取られたときには、完全に青ざめてました」

「その話は聞きたくないわ」そうぶっきらぼうに言われても、気の良いマンブル夫人は、そうかんたんには口を閉じなかった。

「ジョージーナお嬢さんだって、他を探したところで、もっと良い人が見つかるとは限りませんからねえ」

静かにして、とジョセフィンはぴしゃりと言ってから、その言葉を後悔した。

「今夜の夕食はなに？」

「子羊の肉がありますけど」家政婦は提案した。

「子羊！　まったく、いつになったら成長するのよ？」ジョセフィンの言葉は激しい詰問調だった。「子羊なんてもうたくさん。ジョーンズさんったら、なんでジョージーナの手を取ったのよ？」

「指に赤い薔薇の棘が刺さったんですよ。でも、あの方の手つきがそれは優しくてねえ！」

悲しみに沈んだアーネスト・チャールズ・ダウリングの顔が窓越しに現われたので、ジョセフィンは入るよう手招きした。彼は喜んで招待に応じた。

「ちょっと話をしてもいいですか、ジョセフィン?」

面白そうなことになりそうだと嗅ぎつけたマンブル夫人は、なかなかその場を離れようとしなかった。

「ジョセフィン」ようやく夫人がいなくなると、彼は言った。「知っていますよね――周知のことなんだ――ジョージーナを思うぼくの気持ち」

強情にも、鈍感なジョセフィンは首を振った。

「もちろん知っているでしょう」憤慨して彼は言った。「見ましたよね――気がついたはずだ、ぼくの――ぼくの気持ちを!」

「ジョージーナを愛してるって言うこと?」彼女は単刀直入に訊ねた。

「もちろんそうです。ちくしょう、もちろんそうなんだ!」

「当然という口調で言われても。それ、どういうことなの、チンキー?」

「彼女もきっと――同じ気持ちでいると思っていたんだ」惨めな彼はそう言うと、怒りに満ちた口調で問い詰めた。「ジョーンズって男、何者なんです?」

「あの人は――ジョーンズという人なの。そういうことよ。他のジョーンズという名前の人と違うのは、彼は彼だということ」

「ふたりであんなに仲良さそうにしてるなんて!」チンキーは取り乱した目つきだった。「一緒に郵便局へ行ったんですよ、知り合って十分くらいしか経たないのに!」

漠然とした不満をぶつける相手を必要としていたジョセフィンのもとに、その朝彼が来たのは運が悪かった。

「アーネスト・チャールズ。あなたが姉の行動に疑問を挟む権利はありません」ジョセフィンは意地悪く言った。「あなたの存在が、姉にとってなんだっていうの？　ただの花束とつまらない《パンク》詩の運び屋でしょ！」

「つまらないだって！」ショックを受けたチンキーは言った。「詩がつまらないって、どういうことです？」

「『柔らかな《テンダー》』の韻に『かがむ女《ベンド・ハー》』を持ってくる男は、詩人としてつまらないって言ってるの。つまらない《パンク》っていう単語は映画からの引用ですからね。それに――」チンキーの顔を見たジョセフィンは言葉を止めた。

「ぼ、ぼくは、変だと思うんです。ジョセフィン。知り合って数時間しか経っていない人間が恋に落ちるなんて不自然だ――間違ってますよ」

「別に自然だし、正しいことなの」ジョセフィンは同意しようとしなかった。「このことはヘレンには言わないで。あなたがジョージーナのことを好きだと気づいたら、あの子、新聞に投書するわよ」

　イライラしているところをみると、ヘレンもジョセフィンに話があるらしかった。差し当たり、彼女はヘレンを待たせておいた。

「ぼくが馬鹿なんだろうな」意気消沈してチンキーは言った。

「あたりまえじゃない、あんたは馬鹿よ」ジョセフィンはずけずけと言った。「詩と野菜で女の子のハートを射とめられると思う男は全員、馬鹿なんだから。そんなので喜ばれたとしても、何度も同じことの繰り返だけだと女は飽きるの！　機会はあったんだから、彼女に告白すればよかったのよ」

「あの人、いったいどうしたの？」チンキーが陰気な表情で家を去った後、ヘレンが訊ねた。

「なんでもない。それで、なんの用よ？」

「ねえ、ジョセフィン。私、ジョーンズさんのことを考えていたの。あの人のこと、どうも気に入らないわ」

「彼が聞いたら悲観にくれるでしょうね」嫌みっぽくジョセフィンが言った。

「そんな意地悪を言わないで。私、あの人のためにいろいろしてあげたのよ。普通の女性よりも多くをしてあげたと思うの」そうヘレンがこぼすので、かの聖マーガレット学院元風紀委員長にしては珍しいことを言う、とジョセフィンは思った。「でも、なぜかしら。今日は彼のことが嫌いになってしまったみたいなの」

「どうして？」

「だってあの人、移り気じゃない。今朝なんて、私のことはほとんど気にも留めないし――」

「わざと彼の気を惹こうとしたのにね。それは私も気がついていた」ジョセフィンは彼女の言葉を遮った。

「私たちの間には秘密がありますから」ヘレンがもったいぶって言った。「でも、自分の評判を落とすこともありえるもの。あの人を匿うのは正しいことか、私は心配なの。良き市民として、国王陛下——毎晩、私が祈りを捧げるお方——の忠実な僕として、私たちは義務を果しているのかしら？」

「ジョーンズさんは逮捕されるべきだと？　そう言いたいわけ？」

ヘレンは頷いた。

「ええ。私は彼に機会を与えた。助言もした。彼が私よりもジョージーナの意見を重視するなら、そうね、警察に任せればいいんじゃないかしら！」

「全く容赦のない子ね！」感心してジョセフィンは言った。

ジョージーナが村から戻ったのはそのしばらく後で、紅潮した彼女の顔と目の輝きを見てジョセフィンの心は沈んだ。

「話があるの」と言われ、屋根裏の書房まで彼女につづいて登るジョセフィンは、奇妙な恋人たちにできる範囲で手を貸そうと決心していた。彼女にとってそれは辛かった——なぜ辛いのかは自分でも理解できなかったが。

ジョージーナはドアを閉めた。

「あの人で間違いないわ！」ジョージーナは言ったが、妹は姉を見つめるだけだった。

「それはずっとわかっていたわけで——」

「あの人、電報を送ったの」ジョージーナは言った。「暗号を使って！　こう書くのを私、彼の肩越しに見たんだから」彼女は畳んだ紙を広げた。「ほら、書き写したのよ。『おしゃべり屋へ、両方可。購入のこと』」

「おしゃべり屋？」

「犯罪仲間への暗号メッセージなのよ」興奮したジョージーナは言った。「考えてもみてよ！ジョーダンが来たわ！」彼女は部屋から走って出ると、階下に向かって叫んだ。

ジョーダンは走って屋根裏に来た。訳がわからずにいる彼の耳に、ジョージーナは支離滅裂なことをべらべらとしゃべった。

「でも、彼は一体何者なんだい？」ジョーダンは困惑して訊ねた。

「何者だろうと関係ないわよ」ジョセフィンはぶっきらぼうに言った。「どうせ彼と駆け引きしたこともないんでしょ」

ジョージーナは唖然として彼女を見た。

「でも、ジョー！　あの男を捕獲したかったんじゃなかったの？」

「何者なんだ、あの男は？」ジョーダンはもう一度訊ねた。

答えたのはジョージーナの方だった。

「あの人は――例の銀行強盗なの！」

「誰だって？」たじろいでジョーダンは訊ねた。

「ジョーが探していた男――ジョン・フランクリンよ！」咎めるようなジョセフィンと目が合う。彼女の目には軽く涙まで浮かんでいた。

「ひどいわね、ジョージーナ、彼にやさしくされたあとなのに。自分だってやさしい態度で接したくせに」

「でも私は――」混乱した彼女は弁解をはじめた。

「あの人、あなたのことを気に入っているのよ！」激しい調子でジョセフィンは言った。

「マンブル夫人だって、それには気がついたんだから――あなた――あなたは、正体を現すように、彼を誘導したんでしょ。忌まわしい行為よ――なにが可笑しいのよ、ジョーダン？」
ジョーダン・ヨーマンは体を震わせながら笑っていた。
「三流探偵《ヘボ》さんたち！　フランクリンは昨日、逮捕されたんだよ！」

第十二章　「うちのジョーンズさん」の正体

完全な静寂が訪れた。

「降りておいで、新聞に書いてあったよ」

陰気な一行は食事室へと降り、ジョーダンは腹立たしいほどゆっくりと記事を探し、午前中ずっと部屋を出たり入ったりうろうろしていたヘレンも、観客に加わった。

「あったぞ。『第九国立銀行強盗容疑で指名手配中だったジョン・フランクリン、昨日午前、ロチェスターで逮捕される』」

「それじゃあ——ジョーンズさんは何者なの?」三人姉妹は声をそろえて言った。

「彼は彼でなにがまずいんだい?　郵便がきたのかい?」彼はヘレンの手から封筒を一通取った。

「パパ宛てじゃないわよ、ジョージーにきたの」

「でも」ジョセフィンが言いはじめた「もしあの人が——」

「彼のことは放っておきなさい」ジョーダンは言った。「なんの手紙だい、ジョージー?」

彼女は封を切ると、大きな紙を一枚取り出した。一瞬、それがもたらした内容の意味を彼女は飲みこめなかったが、やがて大喜びで声をあげて椅子から飛びあがった。

「あれが行ったたって――あれが行ったんだって！」彼女は叫ぶと、喜びに踊った。

「あなたの頭がいっちゃった以外に、なにが起ったわけ？」ジョセフィンが問い詰めた。

「私の戯曲が、偉大なるジョーンズに読んでもらえるんだって！」息を弾ませてジョージーナは言った。「聞いて。『拝啓。お送り頂いた戯曲二本を拝読し、個人的には気に入りましたものの、更なる評価を求めることに致しました。本読みを担当しますシセロ・ジョーンズ氏の意見を求めたうえで、再度、ご連絡致します。敬具、H.ギャレット＝モーペス』」

ジョセフィンの額に混乱で皺が寄る。

「モーペス？　その名前、どこで聞いたんだろう？」

「モーペスというのは、ニューカッスル北、人口七万六千の街よ」ヘレンが呟いた。

「追伸はモーペス氏の直筆で書かれているわ」ジョージーナがつづけた。

「『ジョーンズ氏は脚本二本と共に田舎に向かわれます。近日中に氏の意見をお知らせします。氏は現在、この二本のみを読んでいます』素晴らしいと思わない？　うっとりしない、ジョー？かの偉大なるジョーンズ！　正にこの瞬間、『さまよえし者』を読んでいるかもしれないのよ！」

「あまり期待しすぎない方がいいよ」ジョーダンが注意した。「その素晴らしきジョーンズとかいうのは――」

「偉大なる、だって」

「ふむ、そのなんとかいう人は、それを気に入らないかもしれない」

「華麗だわ――それにこの手紙も、なんて美しい紙に書かれているのかしら！」

ジョセフィンは手紙を取ると、機械的に読み上げた。「『レスター・ビルディング三四七、電話番号――、電報用宛名』――なにこれ？　――『おしゃべり屋』――おい、なんてこった！」

「ジョセフィン、言葉使い！」ギョッとした父は抗議した。

「彼、鞄の中には二通あるって言って、私は両方とも送り返せって言ったんだ！」ジョセフィンは小声で言った。

「誰が――なんだって？」

「うちのジョーンズさんは――あの偉大なるジョーンズなのよ！」

みなで顔を見合せると、一瞬、言葉に詰まった。

「うそ！」

「あの電報！」ジョセフィンが言った。「彼は二本とも可、購入されたしって言ったのよ！　でも、彼は、うちがジョージ・ヨウの家だって知らなかったんだ。それにジョージ・ヨウの妹が盗みを働くために自分の部屋に押し入ったのも知らなかったんだ。誓って、ジョーダン、お願いだから！　ヘレン、あなたは出てって！」

「嫌よ！　絶対嫌です！　すごく厄介なことになったわね？」

「彼から盗みって、なんのことだい？」ジョーダンが訊き、真実が明らかにされた。

「彼のスーツケースを盗もうとしたの」

「わかった！」ヘレンが言った。「私から彼に全てを説明して――」

「お父さん」落ちついた真面目な声でジョセフィンは言った。「こう呼ぶのは、真剣な頼みがあるからだってわかるよね。お願いだから、父さんからヘレンを絶対口止めさせて」

「私がすごく丁寧な態度で、庭に案内したらどうかしら」ヘレンが提案した。

「もう、静かにして！」ジョセフィンは険しい声で言った。「こうしましょう。ジョージーナ。あの戯曲があなたの作品だという事実を絶対、彼に知られないようするの。わが家では『戯曲』という単語は使用禁止」

「もちろんよ」ジョージーナは同意した。

「劇場に関する話も禁物よ」

「もしかして、私から彼に――」ヘレンが言いはじめた。

「ジョーダン、急激に消滅中の父としての権威を行使してよ！」ジョセフィンが命令した。「ヘレンをマージョリーおばさんの所に送り出せないの？」

「行かないわよ！　あそこに行ったら不幸になることは目に見えてるもの、絶対！」ヘレンはきっぱりと言った。

ジョーダンは板ばさみになった。

「関わらんぞ」彼は言った。「ああ、わしは関わらんからな。だが同時に、この計画を実行するなら、明確な方針がなければだめだ、と言っておく」

「方針はかんたん」ジョセフィンが言った。「まず、戯曲の話はしないこと。現代劇には非好意的な家庭だという印象を与えられれば、なお良し」

「舞台劇に対する、最近の新聞評を読んでおけばよかったわねえ」ジョージーナが不平をこぼした。

「ヘレンがいなければ、教えるところなんだけどね」ジョセフィンが言った。「要は、少しでもわが家と舞台劇との関連を疑われそうなことは口にせず、行動にも表わさないこと。わかるわよね、ヘレン、愛しき天使ちゃん？」

ヘレンは傷ついた笑顔で、頭をつんと逸らした。

「意地悪しないで」ジョセフィンは訴えた。「バラしたりしないよね？　バラしたら、『ヘレンの下着』って大きな札付きで、あんたのキャミソールを物干しロープに下げてやるから！」

ヘレンの言う通り、あまりにも下品な状況に直面した場合、女の子には打つ手はないのだ。

計画が実行開始されるも、すぐにアーネスト・チャールズ・ダウリングの登場で事態はややこしくなり、豚小屋にジョージダンを同行するという誘いも、ヘレンと薔薇に囲まれるという企てにも、彼の気は満足しなかった。

「ジョージーナに会いたいんです」チンキーは言った。彼はとても青白い顔をしていた。

ジョージダンは娘を手招きした。

「二人きりで！」ダウリング氏はつけ加えた。

「二人きりって、チンキー？」驚いてジョージーナは言った。「ねえ、なにかあったの？」

ジョセフィンがドアの方に首を振り、チンキーの望み通り、彼らはこっそりとそちらへ移動した。

「プロポーズを秘密にしようなんて、馬鹿げていると思うけど」外に出るとヘレンが言った。

ジョセフィンはなにも言わなかった。チンキーの眼差しから、知りたいことは全てわかっていた。ジョージーナは幸せになる。姉はアーネスト・チャールズに大いに好意を寄せており、机の秘密の引き出しに彼の肖像画を隠し持っていた。ジョセフィンは以前、丸顔にじっと見つめる目の、気取った表情の肖像画が嫌いな人のことを思いやって、ジョージーナはその写真を隠したのだと思っていたが、そうではないらしかった。

彼女は庭を囲う背の低い壁の上に腰を下ろした。それが「オマールの壁」と呼ばれるのは、砂漠と種づけされた土地を隔てるからで、そこからジョーダンの姿が消えるまで見つめた。それから偉大なるジョーンズが目に入ったので、そこから滑り降り姿を隠すと、ジョージーナと一緒に建てた素朴な夏用の小屋の影に飛んで行った。彼は通りすぎて家に入り、一分後にはジョージーナとチンキーが出てきて、チンキーは晴れやかな顔をしていた。

彼女は二人が別れを告げるのを目撃して、ジョージーナの邪魔をしたくなかったので顔を背け、青年が去ってから姉のもとに行った。

「チンキーって優しいのよね。でもずいぶん面倒なことになったたわ。チンキーが言うには、ジョーンズさんは私に恋をしているんですって。ジョーンズさんのことは私もすごく好きよ。彼って素敵な方だと思うわ。でも、もちろん私が恋に落ちるような種類の男性ではないのよね」

「私に言わせれば、アーネスト・チャールズを愛せる人間なら、どんな人でも愛せると思うわ」

ジョセフィンは意地悪く言った。「どうするつもり?」

「ジョーンズさんには、私が婚約したのを知られてはならないわね」

「それなら大丈夫よ」ジョセフィンは言った。「でも、ジョーンズさんには、あなたも彼と同じ気持ちって思わせておくつもりなの？　もしそういうことなら、愛しのお姉様、ジョーダンと同じく、そんな計画には私は加担しないんですからね！」

第十三章　わが家のジョーンズ

シセロ・ジョーンズは奇妙な、それでいて、この上ない開放感を感じていた。一晩神経をすり減らした後、数時間しか眠っていないのに、なぜそう感じるのか、自分でも説明がつかなかった。早朝の日の光の下では、死人の池でさえ美しい。そもそも、そんな名前がつけられたのも、そう呼ぶようになった人々の愚行も、池のせいではないのだ。それに農場は美しいし、パンは自家製、香りのよいコーヒーに、ひっきりなしにアヒルの鳴声も聞こえる。

真剣な表情で協議中の姉妹を目にした彼は、戸口で立ち止まると、ジョセフィンのピンと伸びた背筋と、透き通った肌に見とれた。彼女はとても生き生きとして、溢れんばかりのその能力を、どこか強く感る。朝日を浴びる彼女には、すごい存在感と生命力があった。目覚める前に彼の部屋を満たした、庭の香りにとてもよく似ている。

シセロは狭い芝生を横切り、彼女たちのところへ向かった。

「お顔を見るのは昨晩以来ですね、ミス・ジョセフィン」

ジョセフィンは昨晩の、あんな形での顔合わせを後悔した。

村に行った彼は、こんなに古い素敵な場所を目にしたのは初めてだと思った。そこに現われたヘレンも同意した。フレイソープを思い出す、と彼女は言った。聖マーガレット学院の付近の村のことを言っているのだ。

「学院で上演された舞台では、背景にその村の十字架が描かれたシーンがあったんですよ」ヘレンが説明する。

「演劇部があったの？」シセロは興味を示した。

「そうなの」ヘレンは言った。「私が演出担当だったんです――風紀委員長だったのでもちろん、演劇部の責任者も兼任していたわけ。演劇の空気を吸って育ったものだから、自然にあらゆるこつが身についたんです」

「それは面白い！」ジョーンズ氏は言った。「どの作品をやったんです？」

「『悪口学校』（リチャード・シェリダン作の風習喜劇）と『ペンザンスの海賊』（アーサー・サリヴァン作曲の喜歌劇）、それからすごくよくできた小さな寸劇をジョージーナが――」

「送ってくれたのよね！」ジョセフィンがすごい勢いで口を挟んだ。「ええ、思い出したわ。もちろん私たち、戯曲のことは全く無知なんです」ジョージーナに悪魔のように睨まれるも、優れた機転と会話を思い通りの方向に転換させる能力を自覚するヘレンは、自信を感じさせる笑顔を浮かべた。

「舞台に興味があるんですか？」

「いえ、あら、まさか！」ジョセフィンはギョッとして言った。「まあ、まさか！　私たちはとても静かな自然な暮らしをしているの。舞台というのはとても人工的なものだと思わない？　ねえ、ヘレン、牛の鼻に包帯するのを手伝ってくれない？　さあ、行きましょう」

その瞬間にアーネスト・チャールズが現われたのは、いかにも彼らしかった。彼は、不運なタイミングで姿を見せる才能を持ち合わせているのだ。すぐ近くに来るまで、誰もアーネスト・チャールズに気がつかなかった。冷たい眼差しをジョーンズ氏に向けると、彼はよそよそしく頷いた。

「戯曲？　戯曲の話をしているんですか？」

終りが近づいているのがジョセフィンにはわかった。

「そうなんです」偉大なるジョーンズ氏は愛想よく言った。

「ジョージーナは、ジョージ・ヨウというペンネームで戯曲を書くんですよ」アーネスト・チャールズが言った。

彼は自分の婚約者の名声を広める手伝いをしているつもりだったが、その言葉が下宿人に影響を及ぼすとは予想していなかった。シセロ・ジョーンズは驚嘆して、みんなの顔を順に見まわした。

「ということは、あなたがジョージ・ヨウということ？　この農場にぼくが来たとは、なんという驚くべき偶然！」

「受け入れる農場があったこと事態、驚きの偶然よね！」動揺しつつジョセフィンが言った。

半時間後、お祝いの言葉を述べたり、述べられたり、興奮した人の輪からジョセフィンが離れてずいぶん経ってから、シセロは台所に足を踏み入れた。台所に来たのは、他のどこにもジョセフィンの姿がなかったからだった。その日はマンブル夫人は非番で、ジョセフィンはライスプディングを作っていた。

彼女は重々しく彼に頷き、シセロは椅子に腰かけた。

「あの、知らせなかったこと——悪く思わないの？」彼女は言うと、彼の返事を待った。

「悪く思うだって？」青年は驚いては言った。「意味がよくわからないけれど」

「それならいいわ」ジョセフィンは深いため息をついて言った。「姉の作品は素晴らしいのよ」

シセロは頷いた。

「同感です。大部分はもちろん、完全にメロドラマだけど」

「メロドラマ？」

「ええ、大げさな表現が少々、ありえない状況が少々、例えば——」

「わかってる——わかってる！」彼女はそう言うと、それから急に態度を変え、こうセリフを唱えた。「『あの日の午後、私はレジナルドに湖の畔で会った。私は彼を非難したわ！　彼は私をあざ笑ったの！　私の中に眠っていた狂気が目を覚ました！　私が飛び掛り——』」

ジョーンズ氏は唖然としてそれを聞いた。

「『彼はバランスを崩し湖に落ちたわ！　逃げようとしたけれど、私は足で彼を水中へと押し戻したの、下へ、下へ、下へ！』」

「下へ、下へ、下へ！」彼は額に手を当て、繰り返した。

「ぼくは頭がおかしかったんだ！　『さまよえし者』のセリフじゃないか。お姉さんの戯曲の練習をするの？」

　ジョセフィンは微笑んだ。

「よくするわ。昨日いらした時、正にこのシーンのリハーサルをしていたのよ。ジョーンズさん、告白することがあります。食事室のカーテンにポスターがピンで留めてあるのは見ましたよね？」

「指名手配と行方不明者の？」

「子どもっぽいと思うでしょうね。でも、うちは裕福ではないし、そういう環境だから、思いがけず運が巡ってくるのを夢見てしまうのね。あなたが来たのはそういうことだと思った。その逮捕に大きな報奨金が掛けられる悪名高き犯罪者が、そのうち付近に現われるものと、私はずっと思いこんでいたんです」

「つまり、ぼくのことを――？」

「銀行強盗だと思ったの！」

　自分の部屋に彼女が来たのは、そういう理由だったのか！　不可解だったのが、あまりにも簡単になぞが解けた。

「きみ、ちょっとここにおいで！」シセロは怖い声で言うと、もう一つの椅子を自分の方に引き寄せた。「きみのことをどう思っているか教えてあげるから、ここに座りなさい」

　ヘレンはよく自分で言うように、人生でこれまで驚くような光景を数多く目にしてきた。これからも、もっとそういう場面に出会いたいと思っていたが、こんなことは夢にも思っていなかった。

「ここには入らない方がいいわ、お父様」ドアの外で見張り番に立つ彼女は静かに言った「それから夏用の小屋へも、近寄らない方がいいと思う。アーネスト・チャールズとジョージーナがいるから」

「まさか！　こっちには誰がいるんだ？」

「ジョーンズさんとジョセフィンよ」そう言うと、ヘレンは首を振った。「私が目にした限り、ジョーンズ氏が家族に加わることは確実ね。ジョセフィンは、とうとう大いなる報酬《グレイト・リワード》を手に入れたみたい」

ジョーダンは口笛を吹くと、豚たちのところに戻っていった。

訳者あとがき

ロンドンに女怪盗あらわる。標的は社交界の富豪たち。盗みをはたらいては、真ん中に『J』と記された四角いカードを後に残していくことから、警察や新聞からは〈フォー・スクエア・ジェーン〉とあだ名されている。実は社交界の一員だという噂もある。資金繰りに苦しむ病院などに寄付をしていることから義賊だという見方もあったが、とにかくこれまで犯人の姿を目にした者はなく、その正体は謎に包まれていた。そんな中、社交界の友人を招待しパーティーを開くことにしたルインスタイン氏は、防犯対策として探偵を雇うのだが……。

Four-Square Jane
（*1929, World Wide Publishing*）

このようにはじまる「淑女怪盗ジェーンの冒険」は、前半で彼女の華麗な盗みの手口を披露し、後半は「ジェーン」の正体と動機に迫る。本作は"Four-Square Jane"として一九一九年十二月より九週に渡り、まず *The Weekly News* 紙に掲載された。当初は著者名も John Anstruther（ジョン・アンストルーサー）となっており、一九二九年にポケットサイズの書籍として出版されたときにはじめて、エドガー・ウォーレスの作品だと明らかにされた（Robert Sampson, 1987, *Yesterday's Faces Volume 3 : From the Dark Side*, Popular Press)。また、第三章のみ、エラリー・クイーン編のアンソロジー *The Great Woman Detectives and Criminals ; The Female of the Species*（1946）に、独立短編扱いで"The stoler Romney"（邦題「盗まれたロムニー」など）として採録されている。

そしてこの作品は一九六一年に、映画館の二本立て上映の一本とする目的で映画化されている。そのとき映像化された一連のウォーレス作品は、最初からイギリスでの公開後、アメリカでテレビシリーズとして売る計画だったらしく、アメリカでは一話六十分になるよう再編集の上"The Edgar Wallace Mystery Theatre"として放送された。

"The Four Square"と題されたこの映画の筋をかんたんに説明するとこうだ。ベルグラビア・スクエアの邸宅で殺人事件がおきた。被害者のメイドは、強盗が絵画の裏の隠し金庫を漁っているところを目撃したため殺害されたらしく、現場には四角いカードが残されていた。夫人のニーナはなにも盗まれていないと主張するが、実はプレイボーイの愛人トムから贈られたエメラルドの指輪が消えていたのだった。スキャンダルを恐れたニーナは、信頼する弁護士のビルに捜査を依頼する。調べるうちに、女優のフィオナもトムからプレゼントされたブローチが盗難にあい、やはり後には四角いカードが残されていたのが発覚する。トムは多数の愛人を囲っており、イートン・スクエアに住むサンドラにもエメラルドのネックレスを渡すなど、家宝の宝石を気前良く不倫相手に配っていたのだった。度々命を狙われながらもビルは捜査を進め、やがて辿りついた犯人とは……。

というわけで、一応、原作は“Four Square Jane”となってはいるものの、事件現場に残された四角いカード、盗まれたエメラルドの宝石など、キーワードが残るだけでストーリーは大幅に変更されているようだ。アラン・デイヴィス監督、ジェームズ・イーストウッド脚色、デルフィ・ローレンス、アンソニー・ニューランズ、コンラッド・フィリップス主演の同作は、現在は「The Edgar Wallace Mystery Theatre」第二シーズン第一話として、DVDボックスの形で入手可能だ。

併録作品「三人姉妹の大いなる報酬」(原題:The Great Reward)は、「血染の鍵」や「正義の四人」などのスリラーや犯罪小説で知られるウォーレスにしてはめずらしく、頼りない田舎紳士の父のせいで経営が傾きかけた農場に住む、三姉妹の勘違いから巻き起るコメディだ。劇作家になるべく毎日、脚本書きに勤しむ長女のジョージーナ、次女のジョセフィンは大物逃走犯を捕獲し、報奨金をたっぷり勝ち取ることを夢み、生真面目な三女のヘレンは、姉が執筆した作品にもスキャンダラスだといちいちケチをつける堅物。苦しい家計を助けるため、夏のあいだ下宿人を取ることにした三人姉妹だったが、普段からドラマチックな姉の作品に慣れ親しんでいる上に、『警察公報』を読むのが趣味のジョセフィンの思い込みから一騒動がおこる。ちょっとP・G・ウッドハウスの作品を思い起こさせるようなドタバタのコメディで、ウォーレスは戯曲も多数執筆しただけあり、それこそ舞台にも向いていそうな一編だ。

"The Great Reward"と題されたこの作品は、一九二二年に*The Grand Magazine*に発表された。翌年、オーストラリアの*The Tasmanian Chronicle*紙と*The Adelaide Chronicle*紙に連載の形で再掲されたものの、本の形で出版された形跡はなく、数年前にオーストラリアのファンに発見されるまではほとんど知られずにいた「幻の作品」だ。多作で知られ、長編小説だけで少なくとも百三十作残したとされるウォーレスは、平行して新聞や雑誌向けの中短編も多数執筆していたため、本作のように忘れられたまま眠る作品は他にもまだあるのかもしれない。今回そんな一作を、初出発表当時に掲載されたThomas Henry（トマス・ヘンリー）の挿絵とともに紹介できて非常にうれしく思う。

主要著書リスト（長編単著のみ）

The Four Just Men（1905）「正義の四人」延原謙訳（「新青年」一九二六年一月号〜四月号）、『正義の四人』延原謙訳（博文館〈探偵傑作叢書〉48、一九二六）、「正義の四人」水野泰舜訳（改造社〈世界大衆文学全集〉77『正義の人々』収録、一九三一）、「正義の四人」延原謙訳（博文館〈博文館文庫〉68『渦巻く濃霧』収録、一九三九）、「正義の四人」長谷川修二訳（東都書房〈世界推理小説大系〉14『フリーマン／ウォーレス』収録、一九六三）、『正義の

四人／ロンドン大包囲網』宮崎ひとみ訳（長崎出版〈海外ミステリGemコレクション〉7、二〇〇七）※〈正義の人々〉シリーズ

Angel Esquire（1908【初出】Ideas,1908/1/25～3/18）

The Council of Justice（1908）「正義の会議」水野泰舜訳（改造社〈世界大衆文学全集〉77『正義の人々』収録、一九三一）※〈正義の人々〉シリーズ

The Nine Bears（1910、別題：The Cheaters、米題：The Other Man）※〈T・B・スミス〉シリーズ

The Just Men of Cordova（1917）※〈正義の人々〉シリーズ

The Secret House（1917）※〈T・B・スミス〉シリーズ

The Daffodil Mystery（1920、米題：The Daffodil Murder）「黄水仙事件」吉田甲子太郎訳（「犯罪科学」一九三〇年六月号～十二月号）、『黄水仙事件』吉田甲子太郎訳（尖端社、一九三一）

The Crimson Circle（1922【初出】The People's Story Magazine,1922/3/10）

The Clue of the New Pin（1923）「血染めの鍵」藤井巌訳（「秘密探偵雑誌」一九二三年五月号～九月号）、「血染めの鍵」松本泰訳（春陽堂〈探偵小説全集〉8『血染めの鍵』収録、一九二九）

The Missing Million（1923、米題：The Missing Millions【初出】The Popular Magazine,1923/6/20～8/20）『迷路の花』梶原信一郎訳（博文館〈探偵傑作叢書〉32、一九二五）

Educated Evans（1924） ※〈物知りエヴァンズ〉シリーズ

Room 13（1924） ※〈J・G・リーダー氏〉シリーズ

The Three Just Men（1925） ※〈正義の人々〉シリーズ

The Gaunt Stranger（1925） ※〈詐欺師《リンガー》アーサー・ミルトン〉シリーズ

The Ringer（1925）「鉄槌」松本泰訳（平凡社〈世界探偵小説全集〉13『鉄槌』収録、一九三〇） ※〈詐欺師《リンガー》アーサー・ミルトン〉シリーズ

Good Evans!（1926、別題：The Educated Man） ※〈物知りエヴァンズ〉シリーズ

More Educated Evans（1926）

The Square Emerald（1926、米題：The Girl from Scotland Yard）

The Yellow Snake（1926、別題：The Black Tenth、The Curse of the Yellow Snake 【初出】Short Stories,1926/6）『黄色い蛇』泉一郎訳（紫文閣、一九三九）

Flat 2（1927、別題：Flat Number 2 【初出】The Detective Magazine,1922/9/24～1923/2/16）「渦巻く濃霧」延原謙訳（「新青年」一九二三年夏季増刊号）、「渦巻く濃霧」延原謙訳（博文館〈世界探偵小説全集〉18、一九三〇）

Terror Keep（1927） ※〈J・G・リーダー氏〉シリーズ

The Traitor's Gate（1927）「叛逆者の門」松本恵子訳（春陽堂〈探偵小説全集〉8『血染めの鍵』収録、一九二九）、「叛逆者の門」松本泰訳（平凡社〈世界探偵小説全集〉13『鉄槌』収録、一九三〇）

The Man Who Was Nobody（1927【初出】Yes or No, 1921/2/28）『影の人』直木三十五訳（平凡社〈世界探偵小説全集〉12、一九三〇）

The Thief in the Night（1928【初出】Argosy All-Story Weekly,1923/3/24）

Four-Square Jane（1929【初出】The Weekly News,1919/12/13～1920/2/7、John Anstruther 名義）「淑女怪盗ジェーンの冒険」川原あかね訳（論創社〈論創海外ミステリ〉142『淑女怪盗ジェーンの冒険』収録、二〇一五【本書】）

The Terror（1929）

※初出誌紙が確認できた作品は、初出情報を記した。

〔訳者〕
川原あかね（かわはら・あかね）
　ウィーン在住。翻訳者。文芸書や絵本の訳書がある。

淑女怪盗《しゅくじょかいとう》ジェーンの冒険《ぼうけん》
　　——論創海外ミステリ　142

2015年2月25日　　初版第1刷印刷
2015年2月28日　　初版第1刷発行

著　者　エドガー・ウォーレス
訳　者　川原あかね
装　画　佐久間真人
装　丁　宗利淳一
発行所　論　創　社
　　〒101-0051　東京都千代田区神田神保町2-23　北井ビル
　　電話　03-3264-5254　振替口座　00160-1-155266

印刷・製本　中央精版印刷
組版　フレックスアート

ISBN978-4-8460-1397-4